पगडंडी जीवन की

पगडंडी जीवन की

सुखवीर सिंह

Sarvatra
An imprint of Manjul Publishing House

Sarvatra
An imprint of Manjul Publishing House
◆ द्वितीय तल, उषा प्रीत कॉम्प्लेक्स,
42 मालवीय नगर, भोपाल-462 003
◆ सी-16, सेक्टर 3, नोएडा, उत्तर प्रदेश, 201301
वेबसाइट : www.manjulindia.com

यह संस्करण 2026 में पहली बार प्रकाशित

पगडंडी जीवन की

ISBN 978-93-7317-501-0

सुखवीर सिंह इस पुस्तक के
लेखक होने की नैतिक ज़िम्मेदारी वहन करते हैं

माँ को समर्पित

पगडंडी जीवन की

यह जीवन–
न किसी राजमार्ग का उद्‌घोष है,
न विजय-ध्वजों का गगनभेदी घोष;
यह तो निस्तब्ध वन-प्रांतर में
अनाम पगचिह्नों से निर्मिता
एक सूक्ष्म पगडंडी है–
जिसे चलने वाला ही रचता है।

प्रातः की अरुणिमा में
जब सूर्य
अग्नि-अर्चना-सा
क्षितिज पर अर्घ्य देता है,
तब ओस-कणों में
मुझे दीखता है–
ऋग्वैदिक ऋचा का मौन स्पंदन,
जिसमें कहा गया–
"ऋतं सत्यम्।"

यह पगडंडी
ऋत की लय में बहती है–
वन-तृणों के मध्य,
अनाम पुष्पों की गंध में,
विरल वायु की सिहरन में,
और मेरे अंतर के
अज्ञेय कम्पन में।

कभी यह
उपनिषदों के वन में प्रवेश करती–
जहाँ याज्ञवल्क्य की प्रश्न-ज्वाला
अब भी धूमायित है,
जहाँ नचिकेता-सा जिज्ञासु मन
मृत्यु से संवाद करता है।
वहाँ सुनाई देता है–
"नेति, नेति"–
और जीवन का अहं
अपने ही आवरण त्यज देता है।

कभी यह
गीता के रणक्षेत्र से गुजरती–
जहाँ मोह और धर्म
आमने-सामने खड़े हैं;
जहाँ अर्जुन का विषाद
मानव-हृदय का सनातन कम्प है,
और कृष्ण का वचन
अंतर्यामी का आलोक–
"कर्मण्येवाधिकारस्ते"–
पगडंडी को गति देता है।

पर यह मार्ग
शास्त्रों की मात्र प्रतिध्वनि नहीं–
यह तो अनुभवों की अग्नि में
दग्ध और दैदीप्यमान
जीवन-सत्य की अनुभूति है।
मैंने देखा है–
वसंत की हरित लता

कैसे शिशिर के कठोर स्पर्श से
अंकुरित होती है;
कैसे पतझर
विनाश नहीं,
संयमित संन्यास है;
कैसे मेघ का तिमिर
धरती को गर्भित करता है।

प्रकृति की प्रत्येक क्रिया–
एक मौन उपदेश है:
वृद्धि में क्षय निहित,
क्षय में पुनर्जन्म;
बंधन में मुक्ति का बीज,
मुक्ति में पुनः संबंध का आकर्षण।

यह पगडंडी
मुझे भीतर ले जाती है–
जहाँ मन
नदी की धारा-सा चंचल,
पर आत्मा
सागर-सा अविचल।

वहाँ मैं देखता हूँ–
मेरा अहं
किस प्रकार
तरंग बन
उठता और मिटता है;
मेरा लोभ
किस प्रकार
मृगतृष्णा-सा
रेत पर नृत्य करता है;
और मेरा प्रेम–
कैसे
निशीथ की चंद्र-रेखा-सा
निरव आलोक बिखेरता है।

जीवन की यह पगडंडी
न सीधी है,
न समतल;
कहीं कंटीली,
कहीं शैलशृंगों से घिरी,
कहीं निर्जन,
कहीं जन-संकुल।

किन्तु प्रत्येक मोड़ पर
एक अदृश्य कर
मुझे संकेत देता है–
कि यह पथ
गंतव्य से अधिक
यात्रा का साधन है।

शास्त्र कहते हैं–
"अहं ब्रह्मास्मि।"
पर अनुभव कहता है–
"अहं क्षणभंगुरः।"
इन दोनों के मध्य
जो कम्पित संतुलन है–
वही पगडंडी है।

जब मैं
स्वप्न और जागरण के मध्य
सूक्ष्म रेखा पर खड़ा होता हूँ,
तब प्रतीत होता है–
जीवन कोई स्थिर सत्ता नहीं,
वह तो
क्षण-क्षण बदलती छाया है–
जिसे आलोक ही अर्थ देता है।

हे अनाम पथ!
तू मुझे
विजय नहीं देता,
पर विवेक देता है;
तू मुझे
सुख नहीं देता,
पर शांति का बीज देता है;
तू मुझे
परम नहीं देता,
पर परम की प्यास देता है।

और शायद–
यही सनातन सत्य है:
कि पगडंडी का लक्ष्य
राजमार्ग बनना नहीं,
अपितु
चलने वाले के चरणों में
सजगता का स्पर्श जगाना है।

जब अंतिम संध्या में
मेरा अस्तित्व
धूलि में विलीन होगा,
तब भी यह पगडंडी
किसी अन्य पथिक के लिए
मौन आमंत्रण बनी रहेगी–

कि वह भी
वन-प्रांतर की निस्तब्धता में
अपने ही अंतर का
ऋचामय स्वर सुन सके,
और जान सके–

जीवन कोई विशाल उद्घोष नहीं,
एक सूक्ष्म,
गूढ़,
रहस्यमयी
पगडंडी है–
जिस पर चलना ही
मोक्ष का प्रारंभ है।

पुरोवाक्

जीवन प्रायः राजमार्गों पर नहीं चलता; वह अपनी वास्तविक गति उन अनदेखी, अनकही पगडंडियों पर पाता है, जहाँ भीड़ का शोर नहीं, बल्कि आत्मा का मृदु संवाद सुनाई देता है। "पगडंडी जीवन की" उसी अंतर्यात्रा का काव्यात्मक दस्तावेज़ है—एक ऐसी यात्रा, जिसमें बाह्य उपलब्धियों से अधिक अंतर्मन की अनुभूतियों का महत्त्व है।

छायावादी काव्यधारा ने हिंदी साहित्य को वह संवेदनशील दृष्टि दी, जिसमें प्रकृति केवल दृश्य नहीं रही, बल्कि आत्मा का विस्तार बन गई। जयशंकर प्रसाद की दार्शनिक गहराई, सुमित्रानंदन पंत की प्रकृति-साधना, सूर्यकांत त्रिपाठी निराला का स्वातंत्र्य-बोध और महादेवी वर्मा की करुण रहस्यात्मकता—इन सबकी छाया हिंदी काव्य परंपरा में आज भी विद्यमान है। प्रस्तुत संग्रह उसी परंपरा से प्रेरित होकर समकालीन जीवन की जटिलताओं के मध्य आत्मसंवाद का एक विनम्र प्रयास है।

इन कविताओं में 'मैं' कोई व्यक्तिगत अहं की घोषणा नहीं, बल्कि उस सार्वभौमिक चेतना का प्रतीक है, जो हर मनुष्य के भीतर मौन रूप से स्पंदित होती रहती है। यहाँ प्रकृति, स्मृति, समय, संघर्ष और मौन—सब मिलकर एक ऐसी आंतरिक भूमि रचते हैं, जहाँ पाठक स्वयं को पहचान सके।

"पगडंडी जीवन की" में प्रयुक्त प्रतीक और बिंब जीवन के द्वंद्वों से उपजे हैं—कर्तव्य और करुणा, शक्ति और संवेदना, उपलब्धि और अपूर्णता, व्यवस्था और आत्मा के बीच चलने वाले सूक्ष्म संघर्ष से। यह संग्रह किसी निष्कर्ष का आग्रह नहीं करता; यह केवल प्रश्नों को सहचर बनाकर चलने का साहस देता है।

यदि इन कविताओं को पढ़ते हुए पाठक को अपने ही मन की कोई ध्वनि सुनाई दे, यदि शब्दों के बीच का मौन उसे अपनी किसी भूली हुई अनुभूति तक पहुँचा दे—तो यही इस कृति की सार्थकता होगी।

यह पुस्तक उन सभी सहयात्रियों को समर्पित है, जो जीवन के राजपथ से हटकर कभी न कभी अपनी पगडंडी खोजने का साहस करते हैं।

सूत्र संयोजन

अब से तीन-चार हजार वर्ष पूर्व, इसी आर्यावर्त की वितस्ता नदी के तट पर ऋग्वैदिक कवि–ऋषियों ने प्रकृति और पुरुष के अनंत विराट रूप का साक्षात्कार किया। वह क्षण केवल दार्शनिक उद्घोष नहीं था, वह आत्मा और अस्तित्व के बीच घटित एक जीवित संवाद था। आनंद के उसी महाभाव में तन्मय होकर उन्होंने सृजन और ज्ञान की असंख्य शलाकाओं से मानचित्र रचे। पर समय की धूल ने जैसे उस मूल अनुभव पर धीरे-धीरे पर्दा डाल दिया। आत्माहुति का जो भाव कभी चेतना की अग्नि था, वह कर्मकांड में बदल गया, अंतरवेदना, जो कभी स्पंदित थी, विचारों के जाल में उलझ गई, देवत्व की जीवित अनुभूति विग्रहों में सीमित होकर रह गई। रहस्य, जो कभी अंतरानुभव था, अगम्य और आवरणयुक्त प्रतीक बनता गया।

यह काव्य उसी खोए हुए आत्मसंवाद की पुनः खोज है। यह अतीत की पुनरावृत्ति नहीं, बल्कि वर्तमान चेतना में उस मूल स्पंदन को फिर से सुनने का प्रयास है। यहाँ कविता किसी निष्कर्ष का प्रतिपादन नहीं करती, वह अनुभव के उसी स्रोत तक लौटना चाहती है।

प्रकृति, शून्य, मौन, प्रेम, मृत्यु और आत्मबोध, ये इस संग्रह के प्रमुख स्वर हैं, पर इनके साथ अनेक अन्य स्वर भी अंतर्ध्वनित होते हैं। जीवन की क्षणभंगुरता, परिवर्तन की अनिवार्यता, सुख और दुख की सहयात्रा, कर्ताभाव की विडम्बना, विचारों की आँधी, समर्पण की आकांक्षा, स्वतंत्रता का स्वभाव, धर्म की पुनर्व्याख्या, और मन के इंद्रजाल का उद्घाटन! ये सब मिलकर इस काव्य का बहुरंगी राग रचते हैं।

झरता पत्ता, लौटती वर्षा, बहती नदी, ये केवल दृश्य नहीं, जीवन के स्वभाव का उद्घाटन हैं। हर रूप का एक समय है, हर ध्वनि मौन में विलीन होती है, हर अंत किसी अदृश्य पूर्णता की ओर संकेत है। मनुष्य स्वयं उसी लय का अंश है। उसका जाना विराम नहीं, गतिक्रम है।

कवि बार-बार कर्ताभाव को देखता है। वह जानता है कि "त्याग" भी एक कर्म है, "साक्षी होना" भी एक सूक्ष्म प्रयास। अहंकार कई बार मुक्ति के वेश में लौट आता है। इसलिए यह काव्य साधना को नियंत्रण नहीं, सजगता के रूप में देखता है, जहाँ विचारों को रोका नहीं जाता, केवल देखा जाता है। विचार धुएँ की तरह उठते हैं और मौन की गहराई में विलीन हो जाते हैं।

इस संग्रह में समर्पण कोई धार्मिक अनुशासन नहीं, बल्कि विलयन की प्रक्रिया है, जहाँ 'मैं' और 'मेरा होना' दोनों धीरे-धीरे पिघलते हैं। कभी यह अनुभूति इतनी तीव्र हो उठती है मानो सत्य अपने मौलिक रूप में नग्न होकर सामने प्रवाहित हो रहा हो; मन पर स्पंदित, उच्छ्वसित, जीवित संवेदना की तरह। एकाग्रता का वह क्षण कुंडलिनी की अजस्र धारा सा अनुभव होता है यह भाव बिंदु चक्रायित होते हुए, चेतना को गहन अनुभूति देता है।

यहाँ धर्म पर भी प्रश्न हैं, क्योंकि जब धर्म भय का उपकरण बन जाता है, तब आत्मा की स्वतंत्रता छिन जाती है। जब समाज व्यवस्था को सत्य मान लेता है, तब भीतर की आवाज़ दब जाती है। कवि उस आंतरिक दीप को जलाने का आग्रह करता है, जो बाहरी अनुमोदन पर निर्भर न हो।

प्रेम यहाँ केवल संबंध नहीं, अस्तित्व की व्यापक स्वीकृति है। वह शाश्वत होने का दावा नहीं करता, बल्कि स्वयं शाश्वतता का रूप बन जाता है। मृत्यु यहाँ अंत नहीं, एक विराट मौन में प्रवेश है, जहाँ भेद मिट जाते हैं और मनुष्य अपनी सीमित पहचान से मुक्त होता है।

यह काव्य बार-बार कहता है, "सत्य कहा कम जाता है, जिया अधिक जाता है।" जितना कहा जाता है, उतना ही वह दूर चला जाता है। शब्द बढ़ते हैं तो अर्थ क्षीण होता है। इसलिए यहाँ मौन एक सक्रिय तत्व है, वह अनुपस्थिति नहीं, उपस्थिति की पराकाष्ठा है।

मन को कवि इंद्रजालिक मायापुरी के रूप में देखता है, जहाँ रंग, स्मृतियाँ, इच्छाएँ और भय एक अंतहीन स्वप्न रचते हैं। पर उसी मन के पार देखने की आकांक्षा भी है। हर कविता मानो सुषुम्ना नाड़ी में घटित उत्सर्पण और अवसर्पण की प्रक्रिया हो, भीतर उठती और लौटती हुई चेतना।

यह संग्रह निष्कर्ष नहीं देता, वह आमंत्रण देता है। अपने भीतर लौटने का, प्रश्न में ठहरने का, उद्देश्य को ढीला छोड़ देने का, और उस सहज स्वभाव को पहचानने का; जहाँ बहना ही स्वतंत्रता है। नदी कहीं पहुँचने के लिए नहीं बहती, फिर भी सब कुछ बन जाती है।

यदि इन कविताओं को पढ़ते हुए पाठक अपने भीतर किसी भूले हुए स्पंदन को अनुभव करे, यदि उसे लगे कि प्रश्न उत्तर से अधिक जीवित हैं, कि मौन भी संवाद हो सकता है, कि सुख और दुख एक ही धुरी पर घूमते हैं, कि समर्पण में ही स्वतंत्रता है तब यह काव्य अपनी यात्रा में सफल है।

अंततः यह लेखन किसी परम की घोषणा नहीं करता। यह केवल इतना संकेत देता है कि जो खोज रहे हो, वह दूर नहीं। वह तुम्हारे ही भीतर, तुम्हारे ही मौन की तहों में छिपा है। जब तुम अपने पार देखने का साहस करोगे, जब भूमिका और आवरण ढीले पड़ेंगे, तब अनुभव स्वयं बोलेगा।

और शायद वहीं से कविता फिर से आरम्भ होगी, उसी जीवित आत्मसंवाद के रूप में, जो कभी वितस्ता के तट पर स्पंदित हुआ था, और जो आज भी मनुष्य की चेतना में प्रतीक्षा कर रहा है।

–एक सहयात्री
नितिन जैन

अनुक्रम

पगडंडी जीवन की

1. जीवन का स्वभाव

हरा पत्ता झर गया–
जैसे समय की उँगली
किसी अनकहे अध्याय पर टिककर
फिर आगे बढ़ गई।

फूल ने मुस्कान छोड़ी थी–
अब वह भी धूल में है।
बसंत आया,
पर शायद वह केवल स्मृति के आँगन में ठहरा था।

बारिश गिरी–
क्षण भर के लिए पृथ्वी ने उसे अपने स्वरूप में लिया,
फिर वाष्प बनकर
वह आकाश में लौट गई।

तू पूछता है–
यह सब क्यों घटता है?
सूखना, झरना, लौट जाना–
क्या यह हानि है? या केवल परिवर्तन?

हर रूप का एक समय होता है–
हर प्रकाश अपनी छाया से जन्मता है,
हर ध्वनि मौन में विलीन होती है।

तू भी उसी लय का हिस्सा है,
उसी प्रवाह का एक अंश।
तेरा जाना, तेरी नश्वरता–
किसी विराम का नहीं,
एक नयी गति का संकेत है।

स्वीकार कर–
यह अंत नहीं,
यह पूर्णता की ओर एक विसर्जन है।
यही जीवन का स्वभाव है–
अदृश्य में लौटती दृश्यता।

2. तू बोध है

किसी ने कहा –
कर्ता भाव को छोड़ दे।
पर छोड़ना भी तो एक कर्म है –
त्याग भी चेष्टा है,
निष्क्रियता भी एक गति है।

तू अकर्ता कैसे बनेगा?
जब तक तू सोचता है,
जब तक तू बदलना चाहता है –
तब तक तू प्रवाह में है।

सही या ग़लत –
ये अर्थ तू ही बनाता है।
नियम, संयम, नैतिकता –
तेरे ही प्रतिरूप हैं।

तू कहता है – "मैं साक्षी बनूँ।"
पर साक्षी बनना भी तो एक क्रिया है,
देखना भी तो एक करना है।
कर्म से परे कहाँ ठहरेगा तू?
जीवन तो उसी वृत्त में घूमता है।

घड़ा पूछे – "मैं धरती कैसे बनूँ?"
पर मिट्टी हँसती है –
"तेरे बिना मैं अधूरी हूँ,

तेरे भीतर ही तो मैं आकार पाती हूँ।"
अहंकार वहीं जन्मता है –
जहाँ मिट्टी अपने रूप को नाम दे देती है।

तू कहता है – "मैं धरती बनना चाहता हूँ।"
पर क्या बनना आवश्यक है
जब तू पहले से वही है?
तू ही वह है –
जो बनने की आकांक्षा करता है।

समझ ले –
तू निमित्त है,
सृष्टि तेरे माध्यम से स्वयं को देखती है।
तू द्वार है, तू दिशा नहीं।

करना तेरे बस में नहीं,
और न ही न करना।
तो कर्ता भाव छोड़ेगा कैसे?
तू केवल बोध है –
पर बोध को भी बोध कैसे करेगा?

सहज हो जा।
सरल हो जा।
अपने आविर्भाव को मौन में विलीन कर दे।
तू बोध है –
इस अहसास को अंकुरित होने दे।
यही तेरी मुक्ति है,
यही तेरी पूर्णता।

3. तू मेरे अस्तित्व को मिटा दे

तू मेरे अस्तित्व को
मिटा क्यों नहीं देता –
यह जो मैं हूँ,
यह जो भीतर उठता और टूटता रहता है,
क्या तेरे लिए अब भी आवश्यक है?

कहा है – यह काया पाँच तत्त्वों की है।
तो अग्नि क्यों नहीं बोलती?
क्यों नहीं कोई वायु
सब उड़ा ले जाती –
यह मोह, यह स्मृति, यह मैं।

तू खेलता है –
पर मैं खिलौना नहीं रहना चाहता।
तू बस एक झोंका भेज दे,
जो मिट्टी को मिट्टी कर दे,
जल को जल में बहा दे।

मेरी प्रार्थना सुन –
एक ऐसा चाबुक चला
कि सब कुछ तुझमें समा जाए,
और मैं–
अंतरिक्ष का मौन हो जाऊँ।

पर प्रभु,
थोड़ा लालच रहने दे –
कि मैं तुझसे यह माँग सकूँ,
कि तू मुझे नष्ट कर
अपने में मिला ले।

और फिर,
थोड़ा अस्तित्व भी रहने दे –
बस इतना कि
मैं तुझे पहचान सकूँ,
तेरे प्रकाश में
अपना अंधकार देख सकूँ।

इतनी ही इच्छा छोड़ देना–
कि मैं तुझमें विलीन होते हुए भी
तुझे पाने की प्यास रखूँ,
तुझसे प्रेम करने की भूल करता रहूँ।

बस इतना छोड़ दे, प्रभु –
एक बूँद चेतना,
जो कह सके –
"तू ही मैं हूँ।"

बाक़ी सब मिटा दे –
यही मेरी प्रार्थना है,
यही मेरी मुक्ति।

4. विचारों की आँधी

तुम विचारों में इतने उलझ गए हो –
कि नींद भी तुम्हें मौन नहीं कर पाती।
सपनों में भी
किसी असंपूर्ण यात्रा की गंध बसती है,
जहाँ चलना ही स्वभाव बन गया है।

प्रकृति की रेखाओं में तुम
अपना कल लिखते रहते हो –
मिटाते नहीं।
ये विचार –
जो तुम्हें सींचते हैं,
उसी नमी से जकड़ लेते हैं।

जब तुम अकेले होते हो,
अकेलापन तुम्हें घेर लेता है –
मानो भीतर का शून्य
स्वयं से भयभीत हो उठा हो।

मैं सोचता हूँ –
एक आँधी बुलाऊँ,
विचारों की वही आँधी,
जो भीतर की धूल उड़ा ले जाए,
जो नाम मिटा दे, रूप मिटा दे –
सिर्फ़ मौन छोड़ जाए।

फिर मैं रह जाऊँ –
अकेला नहीं,
एकांत हो जाऊँ।
स्थिर, सजग,
और विचार से परे –
जहाँ होना ही पर्याप्त है।

5. मैं और तुम

तुम सोचते हो –
मैं आऊँगा,
और तुम्हारा सूर्य जगमगा उठेगा;
धुंध छँट जाएगी,
मन निर्मल हो जाएगा।

पर क्या धुंध बाहर है?
या वह भी तुम्हारा ही रूप है –
जो पहचान से डरता है?

तुम्हारी चाह, तुम्हारी अभिलाषा –
उसे तुम पराया समझते हो,
पर वही तो मेरी आहट है
जो तुम्हारे भीतर गूँजती है।

प्रकाश को पाने की कोशिश क्यों?
तुम स्वयं ही उसकी लहर हो;
जहाँ दृष्टि जाएगी,
वहीं उजाला जन्म लेगा।

अशांति भी तुम ही हो,
अहंकार भी, बुद्धि भी –
उनसे भागना नहीं,
उनमें झाँको –
वहाँ भी मैं हूँ।

अपने को मिटाने का साहस करो,
तब ही पहचानोगे –
जो मिटता है,
वह ही प्रकट होता है।

मैं और तुम –
अलग कहाँ हैं?
एक ही ज्वाला के
दो छोर,
जो जलते हुए भी
एक ही प्रकाश हैं।

6. स्वभाव में ही स्वतंत्रता

कर्तव्यों के बोझ तले
तुमने अपने स्वर को दबा दिया है –
हर चेष्टा, हर उपाय
थकान की लकीरों में बदल गया है।

तूफ़ान से उलट चलने की
यह जो ज़िद है –
देखो, यह भी ताण्डव है,
बस भीतर घटता हुआ।

तुम पूजा करते हो –
पर वह भी एक युक्ति है,
प्रयास में खोई हुई।
भला बनने की कोशिश ने
तुम्हारे भीतर कुंठा के बीज बो दिए हैं।

दीपक बनो,
पर ऐसा नहीं जो भभक कर बुझ जाए,
और न ऐसा
जो प्रशंसा या अपमान की हवा से
लहराने लगे।

आईनों का घर मत बनाओ –
वहाँ केवल परछाइयाँ रहती हैं,
चेहरा नहीं।

सत्य तब तक है,
जब तक तुम सहज हो,
अपने स्वभाव में जिए हुए।
धर्म वहीं है –
जहाँ कोई दिखावा नहीं।

किरणों को बाँधने की भूल मत करो,
वे खुलकर ही प्रकाश बनती हैं।

अपने दीपक स्वयं बनो –
वह दीप जो बुद्ध का भी साक्षी है,
कृष्ण की नाद में भी मौन है।

इतने स्वतंत्र हो जाओ –
कि ईश्वर भी तुम्हारे मौन के आगे
क्षणभर ठहर जाए।

7. निःशेष ही हो तुम

सुख में तुम डरते हो –
कि सुख चला न जाए।
दुःख में प्रार्थना करते हो –
कि यह कब बीतेगा।
भविष्य की ओर झुकी दृष्टि ने
वर्तमान का आसन छीन लिया है।

तुम अपनी ही दीवारों में
कैद हो गए हो –
निर्धन की प्यास अलग नहीं,
धनवान की भी तृष्णा उतनी ही है।
बलवान अपनी दुर्बलता से काँपता है,
रूपवान अपने क्षय से भयभीत।

कब देखोगे –
अपनी ही बनायी नक़्क़ाशी को,
जो सौंदर्य नहीं, आवरण है।
क्यों नहीं स्वीकारते स्वयं को,
जबकि दूसरों को अपनाने की कला
तुम्हें भली लगती है।

मूर्छा अब भी शेष है –
भेद अब भी शेष हैं।
मन की छलना,
बुद्धि का जाल –
तुम्हारे ही हाथों बुना हुआ है।

क्या तुम सच में शांत हो जाओगे
जब सब कुछ अर्पित कर दोगे?
या वह भी एक कर्म होगा –
जो नया बंधन बन जाएगा?

नाव देखो –
कितना भार लाद रखा है।
फेंक दो –
एक-एक वस्तु, एक-एक नाम।
खाली कर दो उसे –
फिर देखो,
नदी का जल तुमसे अलग कहाँ है।

तुम न छोड़ते हुए भी
छूट चुके हो,
निःशेष –
फिर भी पूर्ण।

8. निसर्ग हो जाओ

तुम्हारे हाथ छूते हैं –
पर स्पर्श जड़ है।
आँखें देखती हैं –
पर दृष्टि पत्थर हो गई है।
शब्द सुनते हो,
पर वे हृदय तक नहीं उतरते।

प्रेम –
अब एक क्रिया मात्र रह गया है,
संवेदना –
किसी भूली हुई ऋतु का नाम।

बादल बरसते हैं –
मन में कोई नृत्य नहीं।
नदी बोलती है –
पर बाँसुरी मौन है।
फूल खिलते हैं –
पर हृदय सूना है।

क्या तुमने बुद्धि और इंद्रियों के बीच
एक दीवार खड़ी कर दी है?
उन्हें फिर से आलिंगन दो –
जहाँ द्वंद्व मिटेगा,
वहीं तुम स्वयं को पाओगे।

भोजन करो –
पर स्वाद में विलीन होकर।
गाओ –
चाहे स्वर टूट जाए,
पर गान में प्राण हो।
नाचो –
ताकि लय तुम्हारे भीतर जन्म ले।
यही अद्वैत है –
जहाँ अनुभव ही आराधना है।

केवल तर्क में मत बसो,
कभी बालक हो जाओ –
जहाँ प्रश्न नहीं,
केवल विस्मय है।
बुद्धि से आगे बढ़ो –
प्रज्ञा तक पहुँचो।
प्राणों को उतरने दो,
अस्तित्व को आने दो।

शरीर को तरल होने दो,
आत्मा को ठोस।
सीमाएँ मिटेंगी,
अंतराल भर जाएगा।

और तब –
तुम सर्वस्वीकृति पाओगे,
तुम निसर्ग हो जाओगे।

9. भटके विचारों को साध लो तुम

विचार –
क्या वे तुम्हारे हैं,
या तुम उनके?

कठपुतली-से नाचते हो क्या
उनके इशारों पर?
मन तुम्हारा है,
या तुम मन के परिजन?

एक स्वर भीतर से उठता है –
रुको।
कौन बोल रहा है?
तुम, या वह जो सोचता है कि तुम हो?

तुम आहत होते हो –
क्योंकि कोई शब्द तुम्हारे भीतर
कंपित कर देता है
वह बंधन
जो तुमने स्वयं बुना है।

विचारों पर राज्य करने का मोह
त्याग दो।
वे तुम्हें बाँधेंगे –
और अगोचर बनकर वार करेंगे।
उन्हें मुक्त करो,

नज़रों के सामने रखो,
देखो –
कैसे वे धुएँ की तरह विलीन हो जाते हैं।

तुमने सीखा है बाँटना –
अच्छा, बुरा, नैतिक, अमान्य।
पर क्या अस्तित्व ऐसा है?
वह तो अनाम है, निराकार –
जिसे कोई श्रेणी बाँध नहीं पाती।

उन्हें रहने दो –
न बोलो, न रोको।
बस मौन में देखो –
जहाँ विचार शांत हों,
वहाँ तुम आरंभ हो।

भटके विचारों को साध लो तुम –
पर साधना, नियंत्रण नहीं।
केवल साक्षी होकर।
जहाँ मन ठहरता है,
वहीं से *तुम* जन्म लेते हो।

10. उद्देश्य छोड़ क्यों नहीं देते तुम

उद्देश्य छोड़ क्यों नहीं देते तुम?
क्यों करुणा को प्रदर्शन बनाते हो?
क्यों प्रेम को सिद्ध करना चाहते हो
जैसे प्रमाण-पत्र हो अस्तित्व का?

क्या अनुशासन ही मार्ग है?
क्या लक्ष्य ही जीवन की दिशा?
ज्वालामुखी फटता है –
किसी हेतु से नहीं।
हवा चक्रवात बनती है –
सिर्फ़ अपनी गति में।

प्रकृति को नहीं पता उद्देश्य –
फिर भी वही सबसे पूर्ण है।
क्या तुमने कभी देखा है
किसी वृक्ष को
फलने का संकल्प करते हुए?

तुम सोचते हो –
"बचाऊँ उसे, तो अर्थ मिलेगा।"
पर जब छलाँग लगाई थी,
क्षण भर को ही सही –
कोई उद्देश्य नहीं था वहाँ,
सिर्फ़ जीवन की लय थी।

और फिर –
शुक्रिया की प्रतीक्षा।
अहा, वही तो बंधन है!
उद्देश्य लौट आया,
अहंकार ने धीरे से कहा –
"मैंने किया।"

निरुद्देश्यता को लोग मृत्यु कहते हैं –
पर वही तो जीवन है,
जहाँ क्रिया, कर्ता से मुक्त होती है।

तुम कहते हो – "स्त्री चित्त"
जैसे वह कोई रूप है,
पर वह तो समर्पण की लय है,
जहाँ होना ही पर्याप्त है।

पुरुष बनकर तुम निर्माण करते हो,
सृजन नहीं –
घोषणा करते हो,
मौन नहीं।
भक्ति में भी तुम्हारा उद्देश्य
प्रसिद्धि की छाया ढूँढ़ता है।

कब जानोगे –
जानना भी मिटना है,
संकल्प भी अंततः अहं का आभूषण है।

जब निरुद्देश्य हो सकोगे,
तब ही पाओगे –
नमक के ढेले-से
समुद्र में घुल जाने का बोध।

वही पूर्णता है –
जहाँ तुम नहीं हो,
और सब कुछ तुम हो।

11. सत्य कहा जा सकता है क्या

जितना कहते हो,
उतना ही दूर चला जाता है सत्य।
शब्द जितने बढ़ते हैं,
अर्थ उतना ही क्षीण होता है।

जो बहुत बोलता है –
वह अपने विचारों का बंदी है।
जो कम कहता है,
वह गहराई में उतरता है।

परम को कहना संभव नहीं,
क्योंकि वह एक नहीं, अनेक है –
और शब्द, एक ही रूप बाँध सकते हैं।

क्या तुमने कभी
प्रेम को वाक्य में बाँध पाया है?
आँखों की नमी,
शरीर की मौन मुद्रा –
वहीं तो भाषा की परे की भाषा है।

कठोरता कह दी जाती है,
क्योंकि वह आकार में है।
कोमलता –
वह तो स्पर्श है,
जिसे शब्द छू नहीं सकते।

जब भी कहते हो –
सत्य नहीं,
अपना विश्वास कहते हो।
जब भी सुनते हो –
सत्य नहीं,
अपनी आकांक्षा सुनते हो।

शब्द दोनों ओर से
मिथ्या में रंगे आते हैं।
सत्य –
न कहा जा सकता है,
न सुना जा सकता है।

वह केवल जिया जा सकता है –
मौन में,
जहाँ कोई कहने वाला नहीं,
और कोई सुनने वाला भी नहीं।

12. पूर्ण समर्पण जब करोगे तुम

तुम्हारा विश्वास इंद्रियों में है,
और अस्तित्व तुम्हारे लिए एक विचार मात्र।
ज्ञान, भक्ति, कर्म, योग –
सब तुम्हें द्वार तक लाए हैं,
पर द्वार खोलने का साहस अभी बाक़ी है।

तुम ठिठके खड़े हो –
भयभीत,
कामनाओं की लहरों में डोलते हुए।
शब्द तुम्हारे होंठों तक आते हैं,
पर हृदय तक नहीं उतरते।
कब छलाँग लगाओगे तुम?
पूर्ण समर्पण जब करोगे,
तभी जान पाओगे – मौन का द्वार कैसा खुलता है।

तुम बुद्धि की ऊँचाइयाँ पार कर चुके,
पर प्रकाश के एक क्षण से भी डर गए।
तुम्हारा गौरव,
तुम्हारी ही बेड़ी है।
प्रतिष्ठा –
तुम्हारे भीतर का सबसे सूक्ष्म अहंकार।

तुम्हें जाना है,
पर तुम्हें जाना नहीं आता।
तुम्हें पाना है,

पर पाने की प्यास ने ही तुम्हें रोके रखा है।
संसार की बाँहें तुम्हें थामे हैं –
तुम्हें यह ममता भी मोह लगती है।

तुम्हारी खोज में रस है,
पर गति नहीं।
तुम नाव बन चुके हो,
पर लहरों से डरते हो।
जब तुम मृत्यु को भी अपने में उतार लोगे –
तब ही मृत्युंजय हो सकोगे।

समर्पण कोई क्रिया नहीं,
वह विलयन है –
जहाँ 'तुम' और 'तुम्हारा होना' दोनों मिट जाते हैं।
जब तुम सब कुछ छोड़ दोगे,
तभी सब कुछ पा लोगे।

दूर जाओगे –
तो पाएँगे कि निकट तो सदा से थे।
तुम ही समर्पण हो,
तुम ही समर्पित।
पूर्ण समर्पण जब करोगे तुम,
तभी जानोगे –
तुम कभी अलग थे ही नहीं।

13. महाशून्य में समा जाओ

अस्तित्व को तुमने द्वंद्व में बाँट लिया –
सकारात्मक, नकारात्मक,
जन्म और मृत्यु, प्रकाश और तिमिर।
पर क्या सत्य इतना खंडित है?
क्या जागरण बिना निद्रा के संभव है?
तुम थकान से नहीं, अपने आग्रहों से थके हो।

शब्द की गूंज मौन से ही जन्म लेती है,
मौन ही शब्द का अधिष्ठान है।
शून्य सिखाता है –
कि जो अनदेखा है, वही सत्य के निकट है।

तुम खाई में झाँकते हो,
और वह तुम्हें पुकारती है।
भय वहीं है, जहाँ सीमाएँ हैं –
सीमाओं से परे न भय है, न राक्षस।
सावधान रहो,
जिससे लड़ो, उसी में न बदल जाना।

अंधकार और उजाला –
एक ही नाड़ी में बहते हैं।
उजियारा, तिमिर के कंधे पर टिका है;
तिमिर, उजाले की जड़ में बसता है।
संतुलन ही ब्रह्म है।

कर्म होते हैं, मिटते नहीं;
स्मृति ही उनका आभास है।
मौन का नाश नहीं होता,
केवल शब्द थक जाते हैं।
शून्य कोई रिक्तता नहीं,
वह तो अस्तित्व का सबसे गहन रूप है।

दो को जानो, पर उन्हें अलग मत करो।
एक को पूजना, दो को नकारना –
दोनों ही भ्रम हैं।
जब तुम 'होने' की इच्छा से मुक्त हो जाओगे,
तब तुम रहोगे –
महाशून्य में,
जहाँ होना और न होना
एक ही मौन में समा जाते हैं।

14. तुम्हारा स्वभाव स्वतंत्रता ही है

नदी बहती है –
क्योंकि रुकना उसे आता नहीं।
उसकी गति ही उसका ध्यान है,
उसका प्रवाह ही उसका धर्म।
तुम क्यों अपने प्रवाह को बाँधते हो?
प्रयास – जो स्वभाव के विपरीत है –
वह बंधन ही है।

जीवन कमल की तरह है,
मटमैले जल में भी खिल उठता है।
पर तुम जल चुनते हो,
शुद्धता की शर्त रखते हो,
और वही शर्त
जीवन को कृत्रिम बना देती है।

विचारों को बाँधो मत –
वे पक्षी हैं,
उन्हें उड़ जाने दो।
जिसे तुम थामना चाहते हो,
वही तुम्हें बाँध लेता है।

तुम्हारी दुनिया,
तुम्हारे ही शब्दों से रची है –
धर्म, नैतिकता, समाज, अनुशासन –
सब नाम हैं,

पर अर्थ तुमने गढ़े हैं।
तुम्हारी परिभाषाएँ ही तुम्हारा कारागार हैं।

प्रेम में व्यक्ति स्वतः ही मुक्त हो जाता है –
क्योंकि प्रेम में "मैं" नहीं होता।
नदी झरने से टकराती है,
फिर भी बहती है –
और बहते हुए हँसती है,
जैसे जीवन की ध्वनि वही हो।

तुम डर में जीते हो,
स्वभाव में नहीं।
तुम्हें लगता है कि स्थिरता ही स्थायित्व है,
पर जीवन तो गति में ही पूर्ण है।

बहना ही स्वभाव है,
बहना ही स्वतंत्रता।
जो बह रहा है – वह जीवित है।
नदी को देखो,
वह कहीं नहीं पहुँचती,
फिर भी सब कुछ बन जाती है।
तुम भी वही हो –
यदि तुम बह सको।

15. अभिनय हटाकर, समर्पण करो तुम

कोपल जब फूल बनती है –
प्रयास नहीं करती,
वह बस खुल जाती है।
नदी जब समुद्र की ओर बहती है –
वह निर्णय नहीं लेती,
बस अपने स्वभाव को जीती है।

तुम कहते हो – "मैं अकर्ता हूँ।"
पर यह कहना ही कर्म है।
जो तर्क देते हो,
वे तुम्हारे ही भ्रम के जाल हैं।
एक पाँव पर टिके साधक,
थकावट के प्रतीक हैं –
न कि संतुलन के।

तुम्हारी कुर्सी, तुम्हारा आसन,
सब अभिनय हैं –
ऊँचा दिखने की भूख में
तुम गहराई से कट गए हो।
ज्ञान की चमक में अज्ञान का ताप भूल गए,
जीवन को छूने से डरते हो तुम।

अपनी ही रची दुनिया में सम्राट बने,
और भिखारी की सरलता से ईर्ष्या करते हो।
कितना ऊँचा उठोगे?
जहाँ शिखर है, वहाँ दबाव भी तो है।

दोनों पैरों पर खड़े हो जाओ,
संतुलन में ठहरो।
गाँठें जो बाँधी हैं –
वे तुम्हारी ही बनायी हुई हैं।
उन्हें खोल दो,
क्योंकि गाँठों में न प्रेम बसता है,
न समर्पण।

जिसे छिपाते हो,
वह प्रेम ही तो है।
दिखावे के आवरण में
वह निःश्वास लेने को भी तड़पता है।
कब तक एक टाँग पर टिके रहोगे?
कभी दोनों पैरों से पृथ्वी को छूकर देखो –
वह भी तुम्हारा ही अंग है।

कर्ता और अकर्ता का भेद
केवल बुद्धि का माया–विलास है।
मिट जाओ –
तभी रह सकोगे।
दिखाओगे तो खो जाओगे,
मिटोगे तो उजागर हो जाओगे।

तुम्हारी समझ सतह की चमक नहीं,
गहराई की स्थिरता बने –
तो अभिनय हटाओ,
समर्पण करो तुम।

16. उसने सेना बनाई, और गद्दी पर बैठ गया

वे आते थे –
लहरों की तरह,
असंख्य, अनाम,
मन के तट पर आकर टूट जाते थे।

मैंने ठान लिया –
अब शांति चाहिए,
निर्मल होना है,
सबको लौट जाना होगा।

तभी वह आया –
धीरे, पर निर्णायक,
उसकी वाणी में उपयोगिता की चतुर गंध थी,
उसने कहा –
"मैं उजाले का प्रतिनिधि हूँ।"

अहंकार ने द्वार खोले,
बुद्धि ने तर्क रचे,
मन ने उपादेयता की मूर्ति गढ़ी –
और मैं स्वयं दर्शक बन गया।

रात्रि आई –
बेहोश, मादक,
और उसी अंधकार में
वह बलवान हुआ।
उसने काम को जगाया,
क्रोध को दिशा दी,
लोभ को नाम दिया,
मोह को शस्त्र।

धीरे-धीरे उन्होंने एकत्र होकर
सेना बना ली –
और वह,
मौन के मध्य,
मेरे ही सिंहासन पर
बैठ गया।

17. सुख और दुख – दो रंग पहियों के

सुख और दुख –
रथ के दो पहिए हैं,
चलते हैं साथ,
पर तुमने उन्हें
विपरीत दिशाओं में देखा।

एक पर चढ़ा सोना,
दूसरे पर कालिख,
तुमने कहा – यह शुभ है,
वह अशुभ।

पर दोनों ही
एक ही धुरी पर घूमते रहे,
तुम बस देख न सके –
कहाँ से आरंभ,
कहाँ समाप्त।

शिखर पर पहुँचे,
मुस्कान फूट पड़ी,
पर भीतर कुछ नहीं खिला,
खाई में उतरे,
मन बुझ गया –
और अंधकार ने तुम्हें
अपनी देह में लपेट लिया।

तुम भूल गए,
यह खेल है गति का,
जहाँ एक ठहराव नहीं,
दोनों एक-दूसरे के सहचर हैं।

सुख की चमक,
दुख की गहराई –
दोनों मिलकर ही
जीवन का रंग रचते हैं।

फिर भी तुम
भेद करते रहे,
और वही भेद
तुम्हें अधूरा कर गया।

कभी देखो –
दोनों पहिए रुक जाएँ,
तो रथ भी नहीं चलता,
जीवन भी नहीं।

18. प्रश्न ही ज़रूरी है

कहते हो –
वह स्थिर है,
अडिग, निश्चल।
पर जो न बदले,
वह जीवित कैसे होगा?

निश्चलता में ही
क्षण का क्षय है।
बहो –
परिवर्तन के साथ,
जैसे नदी अपना स्रोत खोजती नहीं,
सागर में लीन हो जाती है।

यदि सत्य है –
तो क्या वह सीमित हो सकता है?
सत्य – जो न घटे, न बढ़े –
क्या वही असत्य नहीं हो जाता
अपनी ही निश्चितता में?

जो स्थिर है,
वह कल का अवशेष है।
जो बहता है,
वही वर्तमान।

फिर तुम क्यों
स्थायित्व की मूर्ति गढ़ते हो?
क्यों नहीं सीखते
चलते हुए ठहरना,
ठहरते हुए चलना?

भय से भागो मत –
अशांति में ही शांति का बीज है।
उत्तर खोजने से पहले
प्रश्न में ठहरो,
वह तुम्हें नष्ट नहीं करेगा –
वह तुम्हें रच देगा।

तुम्हारा प्रत्येक उत्तर
एक नया बंधन है,
और प्रत्येक प्रश्न –
एक द्वार।

उत्तर मिटा दो,
प्रश्न को रहने दो।
यही साधना है,
यही स्वीकृति।

क्योंकि –
प्रश्न ही आवश्यक है,
उत्तर अनावश्यक ही।

19. परम नहीं, अस्तित्व बनो – सुनो शून्य की तान

तुम – बिखरी रातों में एक अज्ञेय सन्नाटा,
मौन की तीव्र इच्छा – भीतर दहकती –
तू हो अश्रु की छाया,
और उस छाया का गहन स्वर – अस्तित्व का प्रतिबिम्ब।

तट पर रेखाएँ –
जल से बिखर गईं पहले ही,
और तुम सोचते रहे किनारे की सीमा में;
पर तुम स्वयं हो वह विशाल विस्तार
जहाँ न तट हो न किनारा।

भीतर की किरण –
नियति से उद्धत –
उसे न दबोचो, न बाँधो,
वह छिटकती हुई –
पल-पल नए संसार रचने को।

दुनिया कैसी –
छिछली?
नहीं –
जब तुम पाओगे आत्मस्वरूप,
धरती भी लगने लगेगी विराट।

गर्व, अभिमान –
इनको न पूँछो,
वे फूल हैं –
अगर जड़ें न हों भीतर –
वह कितने समय तक जिन्दा रहेंगे?

धन-सम्मान –
बहुतों ने छुए –
पर वो मसौदे हैं
कि केवल धूल उड़ाते रहते हैं,
हवा में बिखर जाते हैं।

मन –
न सिर्फ सहेली, न सिर्फ सारथी –
यह उत्पात है,
यह रचना है,
यह धूप है और छाँव है –
और जब हो समझा,
मानो हो तुम्हारी अमृतधारा।

यात्रा –
न मंद, न सरल –
हर पग साथ लाता है
नई आहट,
नई कविता,
नई ऊँचाई।

तुम –
सपनों के आवरण में –

लेकिन न हो केवल आवरण,
जागो –
हक़ीक़त की प्यास में।

महल –
जो मन ने बनाया –
खो जाने को नहीं,
पर उसे टूटे बिना देखो,
उसमें तुम स्वयं हो –
न क़ैदी, न स्वामी।

छल-कपट, दिखावा –
ये सब पत्ते हैं –
उन्हें हिलने दो –
असली जड़ पकड़ो:
संस्कार, अनुगूँज –
वे मुझमें, तुममें, सबमें।

खोखलापन, उन्मत्तता –
वे तूफ़ान हैं –
पिघलने देंगे सब भ्रम –
जब तुम हो पूर्ण रूप में
अखंडितता की धार।

तुम –
किसी "परम" की खोज में नहीं –
तुम स्वयं हो वह क्षितिज,
तुम स्वयं हो वह
अनंत विस्तार।

20. तेरी ही छाया से छल बोरती – सुन ले तू

रात की विभात में –
तुम्हारे भीतर एक अज्ञान कोना –
जहाँ नहीं कोई मोमबत्ती, नहीं कोई प्रकाश –
बस ख़ामोशी का वायुमंडल।

(1)
किसी निर्णय का मर्म –
न तुम्हारा, न उनकी –
धागे हर दिशा से खींचते तुम्हें
एक संकेतहीन व्यवस्था में –
तुम मूर्त – परांशु की अभिव्यक्ति।

(2)
कभी सहारा दिया वो,
जिसे तुमने मना किया था –
वो छाया बन कर खड़ी –
तुझे घेर लेती –
और तुम घिर जाते –
रंग-रूप खोकर अगले रंग में।

(3)

वे नहीं बोलते –
मौन की भाषा बोलते हैं –
उनकी आँखें, हाथ, आहट –
तुम्हारे भीतर की लय को जानते हैं –
तू सुन –
वे चाहते हैं –
तू वैसा बने जैसा वे दिखना चाहते हैं।

(4)

"ना" कहने की उलझन –
मन पर त्वचा सा चिपकी –
प्रत्युत्तर 'ना' –
भूत बन जाता –
और तू रुक जाता –
भावनाएँ हस्ती-ऋण बनकर सिखा देती हैं –
तू उपयोग हुआ,
तू अंतिम झटके में भाषा-शून्य।

(5)

वे पीड़ित –
तू संवेदना का दातृ –
मन में कई पात्र –
वे खींचे –
तू केंद्र –
नाटक उनका – अभिव्यंजन तेरा।

(6)

वे तुम्हारी आंतरिक छाया पढ़ चुके –
अनकहे कोना और उजाले –
उनकी दृष्टि हुई –
तुम्हारे अधूरे कोने, विरूपन, स्वर –
प्रेम को आदर्श मान ले –
पर स्वार्थ की आग –
मर्यादा की लकीरें मिटा देती।

(7)

न्याय, धर्म, भय –
उन पटलों पर तेरा मूल्यांकन –
तू संवेदनशील, सभ्य बन –
पर वे छेड़ देते घाव –
ठीक उसी जगह –
जहाँ तू सबसे जर्जर –
काली कोठरियाँ तेरी –
उनके दबाव में विशाल हो जाएँ।

(8)

वे छाया हैं –
अँधेरी गली में सन्नाटे –
तू झुकता –
एक मुखर चेहरे को देखकर –
लालच, अपमान, शांतिप्रबल चाह –
भावनाकटिबद्धता –
तेरा अंतर्मन बाँध लेती हैं।

(9)

तू खड़ा हो एक रिक्त कक्ष में –
दीवारों पर नक़ाब –
निर्विकार प्रकृति का आह्वान –
अँधेरा-मिट्टी संयुक्त –
तू सुन –
अपनी आत्मा की ओर –
फुसफुसाहटों को पकड़ –
असली आकार अपनी पहचान –
और फिर –
उठ –
उस छाया-मीमांसा से
क्या बच पाएगा तू?

21. निश्चय के पिंजरे को तोड़ – आज़ादी की हवा में उड़ पाओगे तुम

(1)

एक कोठरी –
कालिमा में धँसी दीवारें,
भय के तथाकथित कवच –
उसमें तुम्हारी प्रज्ञा
मौन ही बाँधी गई,
जब तक तुमने देखा न –
वह थरथराई,
तब तक तुमने पीड़ा सी पाई।

(2)

गुरु –
एक बंदरगाह,
जहाँ चेतना की नाव
तब तक सुरक्षित ठहरती है
जब तक तुम भीतर तक न पहुँचो।
'मैं' –
उस नाव का गर्वित पथिक,
पर हृदय को रंग दिया –
एकरंगी –
वह रंग चुभ गया अंदर से।

(3)

अब –
तुमको नग्न होना होगा,
हालों की हर परत उतार,
समग्र भावनाओं का उजास
त्वचा पर बहेगा –
प्रश्न उठेंगे–
क्यों, कैसे, कब –
और अस्तित्व –
गतिशील नदी –
उस में ठहरने की जगह नहीं।

(4)

समुद्र –
संदेह की लहरों का आदान-प्रदान,
तू छलाँग लगा –
तैरने की चाह छोड़ –
डूबे उस अँधेरे में।
जब गोता लगेगा गहराइयों में –
आगे चमकेगी चेतना की लौ –
और पूरे अस्तित्व को
एक नई समझ देगी।

(5)

निश्चय का ठोस आश्रय –
वह दीवार अब टूटेगी।
तू छू लेगा स्वतन्त्रता के किनारे,
जब वह दीवार नहीं बचेगी,
और तू –
ख़ुद की आत्मा में
उड़ान भर पाएगा।

22. तुम्हारी दुनिया का पुनर्निर्माण

तुम जिस झूठ की लौ में पाले हो सिर्फ़ परछाइयाँ –
उसके लिए तुमने तैयार कर ली एक और आकाशगंगा।
क्या तेरी आत्मा अब पूर्ण गुलाम है?
शोषकों की गंध है चारों ओर –
राजनीति, धर्म, संस्कृति के मर्मस्पर्शी धागे –
जीवन को पाठशाला मैला कर देते हो तुम।

तुम्हारा संघर्ष –
वह पाठ है, जहाँ कल की हलचल सिले जाते हैं।
तैयारी, आदर्श, अनुष्ठान –
जैसे बाहरी संसार के सज्जनों को निखारने की कला हो;
पर क्या जीवन ख़ुद कहीं अदृश्य-छाया में गायब नहीं हो गया है?

तुम कल्पना करते शांत लोक, दुःखों से मुक्ति के पथ –
उन काल्पनिक द्वारों से घिरे जहाँ तुम बनाते हो नए शिला-नियम;
मानक, संस्कार, आदर्श इतने विकसित कि
भीतर की आवाज़ कुचल दी तुमने –
वे सब तुम्हारी ही सूक्ष्म इच्छाएँ हैं, पर तुझसे अनदेखी।

प्रेम – अब भय की भेषधारी छाया बन चुका है,
सच्चाई से भागने का एक रास्ता;
मन की कुटिल स्मृतियाँ उकेरते हुए,
"मैं" नाम की एकाकी प्रतिमूर्ति बनायी है तुमने।
यह झूठा संसार –
एक और रूप, एक और वास्तु –

तुझपर आनुपातिक रूप से टिका हुआ,
लेकिन कितने दिन ये नक़ाब अँधेरे में टिका रहेगा?

(चुप्पियों का सन्नाटा –
विस्मय का अंतराल;
तू देख –
अपने भीतर झुँझलाहट, विरोध, अवज्ञा के बीज
उगने को तैयार हैं –)

23. अपने अस्तित्व को विस्फोटित कर – आकाश बनो

नैतिकता के वस्त्र –
उसने जो ओढ़े हैं –
वे श्रेष्ठतम थे तेरा ताज,
पर छू नहीं सकते उसके खुरदुरे अंधत्व को;
धर्म की मोटी खाल में
उसकी त्वचा दबी हुई है।

उस आत्मा ने पिंजर बाँधा है –
क्या सुन पाओगे उसकी बंदगी गीत?
शर्मिंदगी उसकी,
गुनाह उसके –
कभी मुक़दमा कैसे चलाओगे –
जहाँ धोखा और अत्याचार
उसकी आत्मा की दीवारें बन गए हैं।

युद्ध धड़कता है उसके हृदय में –
जब वह देखता है अपना विकृत रूप अँधेरे में;
बिन बुलाए आएँगे पश्चाताप के सपने,
उसकी बाहरी ईमानदारी –
अंदर छिपे चोर की झलक मात्र है।

नेवला को साँप बनाना –
कैसे सिखाएगा तुम उसे सदाचारी बनना?
उसकी चाह तो एक सपाट जल की –
रास्ते के उतार-चढ़ाव में मिट जाएगी;
और क्या अर्थ है यह पूछना –
तुम्हारे कपड़े कहाँ हैं –
जब नंगे हैं वे सब?

अपनी इच्छा बनाओ सैलाब की धार,
अपनी पूरी शक्ति से बढ़ो –
समुद्र की ओर –
इतने कि पहाड़, जंगल, धरती –
सब तेरे भीतर पिघल जाएँ;
तेरी मंज़िल है आकाश,
छाया को बेरहम काट डाल –
और अपना अस्तित्व विशाल कर निहार।

24. विराट में विलीन होना

जब वह कहे – “आओ” –
तब तुम थम जाओ, क़दमों की हलचल बंद हो जाए,
उस रहस्यमयी मस्तिष्क की गहराइयों में झाँको;
वह देखता है हर कण, हर भाव –
तुम बिखरो चाँदनी रात की चाँद की तरह,
जहाँ उलझन की परछाइयाँ सुबह की किरणों में खो जाती हैं।

जब उसकी फुसफुसाहट कानों तक पहुँचे –
चिंताएँ और विचार पीछे छोड़ कर
उसकी बाँहों में चले जाओ;
काँटे हों कितने भी, आस्तीन में –
वह समा लेगा तुम्हें,
जैसे मक्के की बाली में छुपा दाना।

जब वह कहे – “गाओ” –
तो स्वर चाहे बेसुरा ही हो – साथ दो;
अपने अस्तित्व की वीणा उठाओ,
अपने हृदय को तार-स्वर-स्वाधीन बनाओ,
जीवन का मधुर संगीत बजेगा –
तुम सुनोगी वह संगीत उसके भीतर और अपने आसपास।

अपनी आत्मा की सीमाएँ ढीली करो,
लहरों की तरह खुल कर बिखरने दो मन को;
प्रेम करो बिना बंधन के,
आलिंगन में ख़ुद को खो दो;
विराट के लिए प्रार्थना करो –
और दिल में विलीन हो जाओ तुम।

25. जो सत्य के क़रीब है, वह चुप है अपनी इच्छा से

जब फूल नहीं रहते,
वे मर जाते, सड़ जाते,
उनकी काया प्रकृति में विलीन हो जाती है।
तुम उनकी गंध स्मरण रखते हो,
जो तुम्हारे अस्तित्व का भाग बन गई है,
सपने में भी नहीं भूल पाते तुम।

वाइन का स्वाद, कलिकाओं के नष्ट होने के बाद भी,
और उसका मटका टूटने पर भी रहता है,
वीणा की मधुर ध्वनि,
वीणा के टूटने पर भी गूंजती है तुम्हारे हृदय में,
हवा का स्पर्श तुम्हारे रोम-रोम में बसा है।

उदास न हो,
तुम भी असीमित हो,
लेकिन अकेलेपन को सह नहीं सकते,
उपस्थित दर्ज करने बोल ही पड़ते हो,
तुम्हारी आवाज़, तुम्हारे शब्द तुम्हें पिंजड़े में क़ैद कर लेते हैं,
एकांत के दिल रहने के बजाय होठों पर जीते हो तुम,
शोर है ये - चक्रवात का रूप।

जो सत्य के क़रीब है,
वह चुप है,
वह नष्ट हो गया है,
अपनी इच्छा से।

26. प्रेम शाश्वत नहीं, शाश्वतता प्रेम है

अंधकार को चीरकर,
सूर्य अपनी रश्मियाँ बिखेरता है।
आकाश में छिप जाते हैं सभी तारे,
राख से पुनः उठ खड़ा होता है प्रेम।
प्रभात की बांसुरी की ध्वनि,
कौन रोक सका है उसे?

सभ्यता के कुटिल पाँवों तले,
सदियों से कुचले गए निर्बल शरीर।
किन्तु आत्माएँ अमर हैं।
देवी के मन्दिरों में,
अंधी आत्माएँ कितनी बलियाँ चढ़ाएँगीं?
बस्तियों पर पहरे बैठाने वाले,
जंगलों में भी नज़र रख पाएँगे क्या?
वायु के चलने से,
निस्तब्धता भंग होती है तुम्हारी।

हवा की तरंगों में,
अपने को घोलकर संगीत बनकर,
उठ खड़े होते हैं वे।
दूर झुरमुटों में,
हिरण-हिरणी बने हैं वे।
कितने वन बनाओगे,
अलग कर पाओगे?
घोंसले के पंछी हैं वे,
झरनों की कलकल में समाए हैं वे।

जब वे प्रकृति का रूप धारण करते हैं,
आलिंगन उनकी कला है।
जो बस प्रेम और सौंदर्य की अभिव्यक्ति के सिवाय,
कुछ भी नहीं है।
उनका रूहानी अस्तित्व मायावी है।
वरना वे तो प्रकट होते हैं,
केवल संकेत देने को।

शून्यता उनकी नियति है,
वे सुंदरता में हैं, महक में हैं, संगीत में हैं।
उनमें शक्ति है,
बर्फ के कंबल में छिपकर सुषुप्त हो जाने की।
छिपे हैं सहस्रों वर्षों से पुराने खंडहरों में वे।

अंधेरी रातों में,
नक्षत्र हो जाने की,
और फिर अचानक उठकर खड़े होने की,
जो सबको समाए हैं, और सब में समाए हैं।
प्रकाश नहीं,
अंधेरे को अंतर्निहित करता है प्रेम।
आकाश की धरोहर है प्रेम,
प्रेम शाश्वत नहीं, शाश्वतता प्रेम है।

27. मृत्यु

यमुना के तट पर,
श्मशान का क्षेत्र,
आम के वृक्षों से घिरा,
झीनी-झीनी हवा बहती।
बीच में विस्तृत मैदान,
चिता के लिए तैयार।
वह प्रतीक्षारत,
अग्नि की आह्वान में,
ताकि शांति मिल सके।
वह स्वयं शांति का प्रतीक,
शहर की अशांति में समाहित।

मैं वृक्षों के मध्य खड़ा,
निहार रहा दृश्य।
तभी एक सुसज्जित बस आई,
पीछे शवयात्रा की लम्बी कतार।
किसी प्रतिष्ठित व्यक्ति का,
राजनेता, अधिकारी, व्यापारी।
मखमली सफेद कुर्ते में लिपटा,
गुणगान हो रहा था उसका।
गालियाँ देने वाले,
आज शोक में डूबे।
हृदय गति रुकने से मृत्यु,
व्यस्तता में लिप्त वह व्यक्ति।

चिता की तैयारी,
मुहूर्त की चिंता।
शोरगुल की ओर लौटने की इच्छा,
श्मशान की शांति से भय।
शहर की ओर दृष्टि,
ग़म का अभाव।
"अपनी-अपनी ज़िंदगी, अपना-अपना भाग्य।"

तभी एक और शवयात्रा आई,
चार लोग कंधे पर,
पुराने कपड़ों में लिपटी लाश।
राम नाम सत्य है की ध्वनि,
गरीब की चुप्प,
दुर्घटना में मृत।
कोई प्रशंसा नहीं,
मेहनत का कोई उल्लेख नहीं।
वचन और शरीर,
चिता की आग में समाहित।

मिट्टी से बने,
मिट्टी में मिल गए।
पहचानना कठिन,
कौन किसका है?
हवा बह रही थी,
श्मशान की ओर।
न शवसैया की गंध,
न चिता की महक।
समझ में आया,
श्मशान ही मुक्ति का मार्ग क्यों है।

पूर्ण स्वतंत्रता,
बंधनों से मुक्ति।
फूलों की महक,
शवसैया या विवाह मंडप में समान।
असीम शांति,
जो मूर्खों को नहीं दिखती।
वे जल्दी में थे,
कहीं जाना था,
काम अधूरे थे।
याददाश्त की कमी,
भूल गए,
कहाँ जलाये जायेंगे वे।

विस्मित था मैं,
अवाक!
रात्रि के भोजन के लिए,
जो बिना तैयारी नहीं जाते,
आज कोई नहीं रुका,
अपने दहन स्थल को देखने।
मेरी जिज्ञासा,
अगले दिन भी खींच लाई।
सोचा, शायद कल आएँगे,
लेकिन इंतजार व्यर्थ।
श्मशान का कुत्ता,
अपनी जगह पर बैठा था।
गिद्धों के सिवाय कोई नहीं,
हवा शीतल थी, निर्विकार।
शायद भयभीत,
शुतुरमुर्ग की तरह,

रेत में मुँह छिपाए।
विचारों में खोया था मैं,
यमुना की किलकारियाँ सुनाई दीं।
दूर से,
"राम नाम सत्य है" की ध्वनि आई।

28. एक पतिंगे की कथा

दीपक की लौ में एक पतिंगा,
मंडराता है निरंतर,
मनुष्य की स्थिति को दर्शाता है,
प्रत्येक की अपनी आकांक्षाएँ,
ज्ञान, प्रेम, सुख, त्याग, और ब्रह्म,
सभी की इच्छाएँ,
लेकिन क्या वे केवल वासना नहीं हैं?
पतिंगा भी तो अपनी नियति में बंधा है,
क्या यही सत्य नहीं है?

योगी की तीव्र इच्छा,
आत्म प्रकाश में समाहित,
परंतु आस-पास के दीपकों से अनजान,
क्या यह आत्मबंधन नहीं है?
क्या यह भ्रम नहीं है?

प्रश्न उठता है,
क्या पतिंगा को भ्रम में ही रहना चाहिए?
या दीपक की अग्नि में समाहित हो जाना चाहिए?
या दीपक के चारों ओर किलकारियाँ करते हुए,
जीवन के चक्र को पूर्ण करना चाहिए?
क्या यही जीवन नहीं है?

अंधेरे से भयभीत नहीं,
जो प्रकाश की ओर दौड़ा,
जीवन उसका एक रात्रि का था,
सुबह का सूरज दीपक की लौ को निगल जाएगा,
और ब्रह्म भी शून्य में विलीन होगा,
यह केवल एक कथा है,
और इसे कथा ही मानो तुम।

29. अपूर्ण मैं, छाया का प्यासा

मैं मनुष्य हूँ –
चाह का पथिक, छाया का प्यासा।
मेरे भीतर
असंख्य अंधेरे जागते हैं,
हर अभिलाषा एक दीप है
जो स्वयं की लौ में जलता है
और मुझे अधूरा कर देता है।

प्रकृति मेरे संग हँसती है –
गुलाब मुस्काता है,
पर उसकी हर मुस्कान
एक काँटे की धार पर टिकी है।
हवा मुझे सहलाती है,
और उसी की गोद में
प्रलय पलता है।

मैं सत्य खोजता हूँ,
पर वह तो केवल
परिस्थितियों का एक नाम है –
जो आज है, कल नहीं रहेगा।
सुख, दुख, प्रेम, विराग –
सब हैं केंद्र बदलती हुई इच्छाएँ,
एक से छिटक कर
दूसरे में बँध जाना।

लोग कहते हैं प्रेम अमर है,
मैं देखता हूँ –
वह भी एक सुंदर स्वप्न की तरह
भोर से पहले टूट जाता है।
मैं उससे प्रश्न करता हूँ,
वह मौन है
जैसे मेरी आत्मा।

मैं लक्ष्यों के पीछे दौड़ता हूँ,
जानते हुए
कि वे भी केवल
मेरे खालीपन का आवरण हैं।
मैं दरिद्र हूँ –
क्योंकि मेरे पास
स्वयं से मिलने का समय नहीं।

जब तक मैं
अपने ही भीतर की गहराई को
स्पर्श नहीं करता,
मैं अधूरा हूँ –
अपूर्ण
जैसे आकाश का छोर
जो दिखाई तो देता है
पर छूते ही खो जाता है।

30. धर्म

मैं चलता रहा मौन अंतरालों में,
जहाँ दीप थे – पर लौ नहीं,
जहाँ शब्द थे – पर अर्थ नहीं,
जहाँ जीवन था – पर प्राण नहीं।

इस मधुशाला के अधूरे प्याले में,
मैंने समय की कटुता पी,
काल ने मेरे अधरों पर
विरह की छाया धर दी।

धर्म की व्याख्याएँ
कभी अरण्य की हवा-सी आईं,
कभी कर्मकांड की रस्सियों में
बांध गईं मेरी चेतना को।

मैंने देखा –
जो अन्न को चुराते हैं,
वे चंदन-से पूजे जाते हैं,
और जो भूमि को छीनते हैं,
उनके सिर पर तिलक सजते हैं।

ओ मनुष्य!
तू राजा की कृपा को अमृत मान बैठा है,
उसके दिए दुख को
यश का आभास कह बैठा है।

तेरा धर्म –
अब डर के दीप से जलता है,
तू आत्मा को खोजता है,
पर केवल शरीर की खाल में।

यह चक्र जन्म-मरण का
तेरे भय की चाकरी है,
तेरे शब्द – केवल बंधन हैं,
तेरा ज्ञान – मृगतृष्णा।

कहीं यह मुक्ति,
बांधने की और अधिक सुकोमल रीति तो नहीं?
यह सुख –
क्या आकाश में टंगी कोई कल्पना मात्र नहीं?

मृत्यु जब आएगी, तो तेरे शास्त्र नहीं,
केवल मौन बोलेगा।
मैं कहता हूँ – ईश्वर को मत खोज,
वह धूल की उस कण में है
जो तेरे आँसू से भीगता है।

धर्म –
जो प्रेम और पीड़ा में जन्मा हो,
जो क्रंदन की कोख से निकला हो,
उसी से आत्मा को शांति मिलती है।

और जब तू काव्य हो जाएगा–
अर्थहीन शब्दों से मुक्त,
तब शायद
धर्म से भी परे –
एक नवीन सत्य बन सकेगा।

31. जीवन

अनंत आकाश मेरे सिरहाने है,
जिसे कभी ओढ़ा नहीं मैंने,
पर जो हर रात
मेरे स्वप्नों की चुप्पी में भर जाता है।

पर्वत की चोटी पर बैठ कर
जब मैंने आँखें मूँदीं,
तब जाना – वहाँ न जीवन था, न मृत्यु,
बस एक नीरवता,
जो किसी बीते स्पर्श की तरह
मन के भीतर उतर गई।

तुम उस सूनेपन को पूजते हो
जो जन्म नहीं देता,
और उस आकस्मिक को ठुकराते हो
जो तुम्हारी नींद में खिलता है।

जल और जंगल की नमी
मेरे स्पर्श से दूर नहीं,
वे मेरे भीतर किसी भूले हुए ऋतुगीत की तरह
धीरे-धीरे उगते हैं।

बसंत वहाँ गया,
पर फूलों की हँसी रह गई,
किसी ऋतु का अंत

कभी उल्लास का अंत नहीं होता –
जैसे किसी प्रिय की चिट्ठी
बरसों बाद भी
हाथों में गरम रहती है।

ओस की बूँद और आँसू की बूँद
एक ही सन्नाटा पीती है –
तुमने नाम रखे,
पर पीड़ा ने नहीं।

कुमुदिनी ने
चुपचाप
ओस की बूँदों को थामा,
उसने किसी आशीर्वाद की कामना नहीं की,
उसने बस नमी को
अपने अंदर समेट लिया।

गरुड़ ने कभी अपने पंख नहीं देखे,
मेघ आया
और चला गया –
उसे किसी संवाद की ज़रूरत नहीं थी।

फिर तुम क्यों
जीवन को बाँटते हो
प्रकाश और अँधेरे में?

वन में कोई न्याय नहीं है,
न कोई आदेश, न कोई सज़ा –
वहाँ केवल जीवन है

जैसा वह है –
अनाम, अनहद, अनकहा।

झील ने इजाज़त नहीं माँगी
रुकी नहीं उदर भरने को,
नदी ने दिशा नहीं माँगी,
घास उगी जहाँ मन ने चाहा।

जीवन भी
शायद ऐसा ही कोई जंगल है,
जिसमें चाँदनी चुपचाप गिरती है
और सूरज
बिना कहे चला आता है।

मैं उसी वन में रहना चाहता हूँ –
जहाँ ध्वनि नहीं,
केवल उसका कंपन है,
जहाँ मौन
वाणी से अधिक स्पष्ट है।

32. अंदर का संघर्ष

कीचड़ में खड़ा है वह –
न जाने कब से,
न जाने क्यों,
पर उसकी आदत बन गई है
कंकड़ उछालने की।
हर उछला हुआ कंकड़
तुम्हारे भीतर
एक कंपन पैदा करता है।

तुमने
एक पत्थर उठाया,
दे मारा –
और उसकी सड़ांध
तुम्हारे भी हाथों से चिपक गई।

अब वह
खींचेगा तुम्हें,
उस गहरे,
ठहरे हुए काले पानी में
जहाँ न दिशा है,
न गहराई का अनुमान।

अतीत की परछाइयाँ
तुम्हारी पीठ पर हाथ रखेंगी,
जैसे कोई पुराना दुःस्वप्न
फिर से आँखों में उभर आया हो।

तुम रुकते हो,
पर ठहर नहीं पाते –
क्योंकि भीतर
कोई तुम्हें धकेलता है।

वह थप्पड़ मारता है –
तुम चार लौटा देते हो,
पर वह चोट
तुम्हारे भीतर
एक अलग युद्ध जगा देती है।

तुम्हारा जोश
तुम्हारे ही विरुद्ध
हथियार उठा लेता है।

आवाम की आवाज़ों से
तुम भयभीत हो जाते हो,
पर वे आवाज़ें
दरअसल तुम्हारे चित्त की प्रतिध्वनि हैं।

विरोध बाहर नहीं है,
संघर्ष भी नहीं –
सब कुछ
तुम्हारे भीतर

धीरे-धीरे जलता हुआ
एक दीपक है,
जिसका प्रकाश
तुम्हारी ही छाया को
लंबा करता जाता है।

और तुम्हें
लगता है
कि कोई और
तुमसे युद्ध कर रहा है।

पर सत्य यह है –
तुम स्वयं
अपने सबसे गहरे
शत्रु हो।

33. गुरु

जो दिया गया,
वह बहुत है।
पर मैं माँगता नहीं।

मैंने वह जल नहीं पिया
जो दूसरों के अधरों से होकर आया।
मुझे चाहिए वह निर्झर
जो मेरी चट्टानों से फूटे,
जिसकी प्यास मेरी ही आग से उपजी हो।

गुरु?
हाँ, वे मार्ग दिखाते हैं
पर चलना तो मुझे ही था
अंधेरे में, काँटों के बीच,
जहाँ हर मोड़ पर मेरा ही नाम मिटा था
और मैं फिर भी चलता रहा।

शास्त्रों ने बहुत कहा,
मैंने बहुत कुछ पढ़ा –
पर जो सबसे गूढ़ था
वह मेरे ही भीतर दबा पड़ा रहा
तब तक, जब तक मैंने
अपनी ख़ामोशी को तोड़कर
एक पत्थर फेंका आत्मा की झील में।

चाँद-तारे –
कितनी बार बताया गया मुझे,
उनका रहस्य, उनका पथ,
पर मेरी आँखें तब जागीं
जब मैंने एक रात
अपने ही आँगन में आकाश देखा
और कोई उत्तर नहीं माँगा।

सुंदरता?
किसी ने कहा – वह यहाँ है, वहाँ है,
मैं खोजता रहा,
फिर एक दिन जब मेरी देह टूटी,
हृदय चीख उठा,
और एक मुरझाये फूल ने चुपचाप मुझे देखा –
तब मुझे पहली बार
सुंदरता का बोध हुआ।

मैं गुरु का पूजन नहीं करता,
न उनके चित्र बनाता हूँ।
यदि वे अमृत हैं
तो मैं उसे पीना चाहता हूँ
अक्षर नहीं,
अनुभव चाहता हूँ।

उसने कहा
तुम्हें जो चाहिए,
वह कहीं बाहर नहीं,
तुम्हारे मौन की तहों में छिपा है
और जो भीतर से बोलता है –
वह ही तुम्हारा गुरु है।

34. अव्यक्त की खोज

मैं ढूँढता रहा तुझको
प्रभात की गीली पंखुड़ियों में
धूप की तिरछी रेखाओं में
मेरे मन की संकुचित सीपियाँ
तेरे अमृत की प्रतीक्षा में बंद थीं।

कहा तूने –
"सब कुछ मैं हूँ..."
तो क्यों नहीं हैं तेरे स्वर
पथराई पृथ्वी की धड़कनों में?

मैंने गगन के निर्वात में
तेरे पदचिन्ह टटोलने चाहे
पर शून्य मौन था,
और मौन के भीतर –
तू, पता नहीं था भी कि नहीं?

तेरा ज्ञान –
न व्याख्या में उतरता
न तप में फूटता
केवल जल की तरह रिसता रहा
मेरे अंतर के भूगर्भ में।

तू कहता है –
“मैं जल में स्वाद हूँ,
वायु में जीवन,
प्रकाश में दीप्ति हूँ,”
तो क्या मेरी तृष्णा
तेरे ही रूप में रोती रही?

मुझे तूने माया में छिपाया
और फिर कहा – जानो मुझे!
क्या यह भी एक कोमल छल नहीं?
एक करुणा नहीं जो जलती रही
मेरे हृदय के दीपक में?

हे अनदेखे अंतर्यामी –
मैं तुझसे नहीं डरता
पर तेरी इस अनंत व्याप्ति में
सिमट जाता हूँ
एक बूँद की तरह
जो समुंदर में
तेरी खोज भूल जाती है।

35. आत्मदीप

जब समाज की दृष्टि
न्याय नहीं, व्यवस्था खोजे–
तब तुम्हें अपने भीतर
एक दीप जलाना होगा।
धीरे-धीरे,
सहेज कर
उस बाती को जो
अश्रु और अस्वीकृति से भीग चुकी है।

भय जब
तुम्हारे आत्मसम्मान से टकराता है,
तब वह केवल एक दर्पण बन जाता है–
जिसमें तुम्हारा ही चेहरा
बदलते हुए रूपों में दिखाई देता है।
तृष्णा
नीरस वसंत है,
जो फूलों की गंध नहीं
केवल उनका रंग माँगता है।

तुम उसे मत दो।
तुम मौन हो जाओ–
जैसे पर्वत मौन होता है
बर्फ के नीचे।

काँटे तुम्हारे मार्ग में
ईश्वर के वे संकेत हैं

जो कहते हैं–
यह राह तुम्हारी है,
चलो,
रक्त बहाओ,
पर रुको मत।

प्रज्ञा वह अमृत है
जो पीने पर नहीं
उसे धारण करने पर मिलता है।
वह तुम्हारी झील है,
गहरी, शांत,
जिसमें भय नमक बनकर गिरता है
और घुल कर खो जाता है।

तुम्हारा रथ
ईश्वर ने नहीं सजाया–
तुम्हें स्वयं बनाना है
हर पीड़ा को पहिया बनाकर,
हर ठोकर को धुरी,
हर आँसू को धागा
जिससे बँध सके
तुम्हारा सत्य।

जब तुम चलोगे
तो जो बोने लोग हैं–
वे तुम्हारे पीछे छाया की तरह चलेंगे,
और तुम जानोगे
कि तुम ही सारथी थे,
सम्पूर्ण सृष्टि के।

36. प्रेम और मृत्यु : संवाद

प्रेम ने कहा:
मैं स्पर्श हूँ–
जो रेखाओं को पार कर
शरीर से बाहर भी
देह बनाता है।

मृत्यु मुस्कुराई:
मैं विस्मरण हूँ–
जो तुम्हारे स्पर्श को
इतना गहरा बना देता हूँ
कि वह छूटते हुए भी
रह जाता है।

प्रेम ने पूछा:
तू अंत क्यों है?

मृत्यु ने उत्तर दिया:
मैं तो विराम मात्र हूँ–
तुम ही तो हो
जो हर क्षण
अंतहीन होने का प्रयत्न करते हो।

प्रेम चुप रहा कुछ देर, फिर बोला:
मैं उस पुल की तरह हूँ
जो दो प्राणों को जोड़ता है।

मृत्यु ने कहा:
और मैं वह जलधारा हूँ
जिस पर वह पुल बना है–
अदृश्य,
गंभीर,
सदा प्रवाहमान।

प्रेम ने हँसकर कहा:
तू मुझे मिटा नहीं सकती।

मृत्यु ने धीरे से कहा:
मैं तुझे शुद्ध करती हूँ–
तेरे विकारों को छीन लेती हूँ,
तेरे आलिंगनों को
मौन में बदल देती हूँ
ताकि वे कालातीत हो सकें।

प्रेम ने स्वीकार किया:
शायद इसीलिए
मैं अमर हूँ–
क्योंकि तू
मुझे समाप्त नहीं करती,
बस स्थिर कर देती है।

मृत्यु ने कहा:
और शायद इसीलिए
मैं अकेली नहीं रहती–
तू सदा
मेरे आगे चलता है,
और मैं
तुझे शांत करने के लिए
पिछले पायदान पर ठहर जाती हूँ।

37. मृत्यु एक साधना

मरकर ही
अमर हुआ जा सकता है।
जो बचा रहा–
वह मिट गया धीरे-धीरे,
जैसे सूर्य छाया में घुल गया हो,
जैसे दीपक
अपने ही प्रकाश में
जल गया हो अंत तक।

गुलाब का फूल
जब अंतिम पंखुरी छोड़ता है,
वहीं से
उसकी आत्मा
मिट्टी में उतरती है,
और अगले वसंत का
स्वप्न बन जाती है।

शीत
जब रक्त को रोकने लगा,
तब बीज
अंधकार की कोख में
धड़कने लगा,
और वसन्त
किसी चुप ध्वनि की तरह
धरती की नब्ज़ में आया।

कृष्ण
ध्वनि से विलीन होकर
शून्य में समा गए,
वहाँ से
विष्णु के स्वरूप में
पुनः बिखरे–
जैसे लीला थम गई,
और चिरंतन हो गई।

राधा
जब दूर हुई,
प्रेम निकट आया।
मिलन के उत्सव में
जो नहीं घटा,
वह वियोग की
निस्पंद अश्रु-धारा में
अनुभव हुआ–
प्रेम ने देह नहीं माँगी,
केवल स्मृति में ही
अमरत्व लिया।

जिन्होंने पाया,
उन्होंने खो दिया पहले–
जैसे तितली
पंखों से अधिक
अपने मौन क्षणों में सुंदर होती है।

हर पल
मृत्यु एक साधना है।
हर प्रेम
एक त्याग की आग है।
हर क्षण
एक मृत्यु है,
जिसमें पूर्णता
साँस लेती है।

38. मित्रता

मैं चला था अकेला,
पथ पर –
जिसके पत्थर भी बोलते नहीं थे,
जिसके वृक्ष
छाया नहीं देते थे।

वहीं एक स्पर्श
जैसे कोई पीपल के नीचे बैठा हो –
मौन,
किन्तु भीतर तपता हुआ।

वह मित्र था?
या मेरा ही बिछुड़ा हुआ अंश,
जो वर्षों पहले समय ने मुझसे
बिना पूछे छीन लिया था।

हम साथ चले –
ना दिशा पूछी,
ना मंज़िल तय की।
बस एक आभास था
कि अब खो नहीं जाऊँगा।

वह लड़ता नहीं,
ना ही सहमति की आशा करता –
बस सुनता रहा
मेरे भीतर की वह चुप्पी,
जो मैं स्वयं नहीं सुन पाता।

मैं जब टूटा,
वह झुका नहीं –
टूटी हुई बातों को उसने
सम्भाल लिया,
जैसे सूखी डाल पर
फिर से कोई पत्ता उग आता है।

मित्रता –
कोई आडंबर नहीं,
ना उत्सव, ना आभार,
वह तो शाश्वत है,
जैसे भोर के शबनम का जल,
और उस पर बिखरती पहली किरण।

39. तलाश

जो है–
उसे स्वीकार नहीं कर पा रहा हूँ।
जो नहीं है–
वहीं खिंचता जा रहा हूँ
मानो रिक्त ही
मेरी पुकार का उत्तर हो।

हाथ में रखा फल
मेरे स्वाद का नहीं,
पर मैं उसकी गंध में उलझा हूँ–
और जिसकी ओर बढ़ रहा हूँ
वह
शायद केवल
एक छाया है।

ग्लानि में डूबा हूँ–
आंधी
विनाश को भी उपलब्धि मानती है,
अग्नि
अपनी लपट में स्वयं को
पूर्ण मान लेती है।
मैं–
दोनों के बीच
स्थिर होना चाहता हूँ
और बहता चला जाता हूँ।

जानता हूँ–
कुछ भी मेरा नहीं,
फिर भी पकड़ने की यह आदत
छूटती नहीं।

तुझे याद करता हूँ–
पर विश्वास
मेरे भीतर जड़ नहीं पकड़ता।
तुम भी
परीक्षा पर परीक्षा रखते हो,
मानो कोई अनदेखा हाथ
मेरे हर उत्तर को
अधूरा मानता हो।

कितना बाबरा हूँ–
जो उस सत्य की तलाश में हूँ
जिसका कोई आकार नहीं,
जिसे केवल
साँझ की निस्तब्ध हवा,
पत्तों पर ठहरी ओस,
और दूर चमकते एक अकेले तारे
की भाषा में
सुना जा सकता है।

40. कौन कहता है कि मैं पागल नहीं हूँ

मैंने देखा
स्वयं को
जलते हुए दीप की लौ में–
न रोशनी थी उसमें,
न ऊष्मा,
केवल राख उग रही थी...

मैंने
स्वाभिमान को उतार दिया
जैसे कोई पुराना वस्त्र
जिसमें अब
न गौरव था, न पहचान।

धर्म–
एक रेखा थी,
मैंने मिटा दी।
अर्थ–
एक भ्रम था,
मैंने हँसकर छोड़ दिया।
काम–
अधूरा स्पर्श,
जिसकी स्मृति भी बोझ बन गई।
मोक्ष–
एक भ्रमित दिशा-सूचक,
जो घूमकर उसी शून्य पर लौट आया
जहाँ से चला था।

मैं भूल गया
इनका अर्थ।
या शायद
मैंने कभी जाना ही नहीं था।

अब मैं जानता हूँ–
ज्ञान एक बोझ था
जो मैंने उठा लिया था
बिना जाने कि वह
मुझे कुचल देगा।

अब मैंने
अज्ञान को
स्वीकार कर लिया है–
जैसे कोई अंतिम सत्य
जो किसी प्रश्न का
उत्तर नहीं देता,
बस
प्रश्न को शांत कर देता है।

मैं पागल हूँ,
क्योंकि मैंने
तर्क को जलाकर
अंधकार को चुना है।
मैंने
भविष्य को पोंछ दिया है
और वर्तमान को ओढ़ लिया है
जैसे एक गीला कफ़न
जो साँस लेता है
पर जीवन नहीं देता।

अब कोई मत कहे–
कि मैं पागल नहीं हूँ।

क्योंकि
अब मैं "मैं" भी नहीं हूँ।
मैं वह हूँ
जो शेष नहीं,
पर अंत भी नहीं।

41. स्वतंत्रता का मौन

राष्ट्र–
सीमा के पत्थर पर टिककर हवा थमती नहीं,
उसके पंखों में कोई मानचित्र नहीं,
उसके रास्ते में कोई झंडा नहीं फहरता।
स्वतंत्रता–
शायद वह है
जब हम भी हवा की तरह चल सकें,
बिना पहचान-पत्र के,
बिना यह पूछे कि
यहाँ कौन-सी भाषा बोली जाती है।

धर्म–
मंदिर की दीवारें और मस्जिद का गुम्बद
दोनों ही आकाश को काटते हैं।
पर जब मैं आँखें बंद करता हूँ,
तो भीतर एक खुला आकाश है
जहाँ कोई श्लोक नहीं, कोई अज़ान नहीं–
सिर्फ़ मौन।
शायद वहीं ईश्वर अपनी सबसे स्वतंत्र साँस लेता है।

जाति–
नाम एक चिह्न है,
कुल एक स्मृति,
और स्मृति–
कभी-कभी सबसे गहरी जेल।

स्वतंत्रता–
शायद वह है
जब मैं अपने नाम को
सिर्फ़ एक ध्वनि की तरह सुन सकूँ,
बिना अर्थ, बिना भार।

राजा–
सिंहासन पर बैठा व्यक्ति
ताज के वजन से झुका है,
उसके पैरों में सत्ता की जंजीर है।
मैं सोचता हूँ–
क्या मैं भी अपने भीतर
किसी अदृश्य सिंहासन से बँधा हूँ?
अगर हाँ,
तो उसे छोड़ना ही
मेरी स्वतंत्रता है।

समाज–
भीड़ की आँखें
हवा को भी दिशा देती हैं।
मैं भी उस दिशा में चलता हूँ,
पर कभी-कभी–
चुपचाप विपरीत ओर
एक क़दम रख देता हूँ।
यही मेरा छोटा-सा विद्रोह है,
मेरा छोटा-सा स्वतंत्र क्षण।

नैतिकता–
सत्य–भीतर की एक आवाज़ है,
पर हम उसे
बाहरी कोलाहल में खोजते हैं।
स्वतंत्र होना–
शायद यह है
कि मैं वह आवाज़
भीड़ की जयकार में भी सुन लूँ,
और पहचान लूँ
कि वही मेरी असली दिशा है।

42. मेरे अँधेरे

हे श्यामल अंधेरे
तू मेरे भीतर उतरता है–
धीरे-धीरे... जैसे किसी गहरे जल में
एक ठंडी छाया फैलती है।
मेरी परछाइयाँ तेरे स्पर्श से
और गहरी हो जाती हैं,
मेरे स्वप्न–
तेरे अंचल में काँपते हैं
मानो किसी अनदेखे डर की लताएँ।

तेरे आँगन में
तारे ऐसे टँगे हैं
जैसे अनगिनत दीप
किसी मौन महायज्ञ के।
और तू–
चाँद को गले में डाल
मेरे नेत्रों को सम्मोहन में बाँध लेता है।
तेरे गहन कुहरे में
भय भी है,
और एक अजीब-सी शांति भी
जो मेरे भीतर उतरकर
मेरी पीड़ा को अनाम कर देती है।

जब तू
सूरज की लालिमा को छूता है,

तो भी अपनी परछाईं
मेरे पथ पर बिछा देता है–
और मैं,
अपरिपक्व,
तेरे दुःख-जैसे आनंद में
खो जाता हूँ।

मुझे पता है,
मेरे कृष्ण, तू सीमाहीन है–
फिर भी
तेरे ही भीतर
मैं आकाश का सबसे निर्मल स्वरूप देखता हूँ।
तेरा श्याम आवरण,
अपने दोषों सहित,
मेरे हृदय पर हाथ रखता है,
मेरी पलकें ढुलक जाती हैं–
और तू
मेरे भीतर
अनाम होकर लुप्त हो जाता है।

तेरे आँचल में ही
मेरी अँधेरे की परछाइयाँ
कविताएँ जन्म लेती हैं,
ललाट की रेखाएँ घुल जाती हैं,
और मैं–
तेरे मौन साम्राज्य का
अनिच्छुक, पर
पूर्णतः समर्पित प्रजाजन बन जाता हूँ।

43. मेरे अंधेरे - 2

हे अंधेरे,
तेरे पास आते ही
मैं निर्वस्त्र हो जाता हूँ–
केवल अस्तित्व शेष रह जाता है।
न संध्या का सुनहरा मुकुट,
न प्रभात का परदा,
कुछ भी नहीं जो मुझे छिपा सके।
तेरी गोद में मैं स्वयं से मिल पाता हूँ।

तू ठहर जाता है
आकाश और पृथ्वी के बीच
जैसे शून्य का साक्षी।
प्रकाश की खिल्ली उड़ाते हुए
तू मुझे यह विश्वास दिलाता है–
कि जीवन का सबसे गहरा सत्य
अनदेखा रहकर ही
सच्चा होता है।

तेरी गहरी छाया में
राजा भिखारी बन सकता है,
और भिखारी–
राजा।
स्वप्न यहाँ छलना नहीं,
नक़ाब नहीं,
बल्कि आत्मा का नग्न प्रतिबिंब हैं।

तू माँ है,
प्रेयसी भी–
तेरे स्पर्श से
संस्कार और धर्म
नग्न हो उठते हैं,
जैसे किसी परदे के पीछे छिपे
प्राचीन रहस्य अचानक
अनावृत हो जाएँ।
तू हँसता है–
और मेरी सभी भ्रांतियाँ
तेरे मौन में ढह जाती हैं।

तेरी जादुई ध्वनि
मेरे अंतरतम को छू जाती है।
तेरी उँगलियाँ
मेरी कल्पना को जगाती हैं,
और मेरी आँखें
प्रपंच को देख
शांत हो जाती हैं।
मेरे होंठ–
मेरी आत्मा के होंठ–
तेरे आलिंगन में
स्थिर रह जाते हैं।
वहाँ से बाहर आने की
कोई इच्छा नहीं रहती।

इस ज्वाला से
संसार काँप उठता है,
और सुबह
आश्चर्यचकित खड़ी रह जाती है।

तेरे भीतर
प्रार्थनाओं की आवश्यकता नहीं।
मृत्यु तेरे गीत गाती है।
आकाशगंगा तेरे आँचल में बहती है।
ब्रह्मांड–
तेरे मौन में खेलते हैं।

हे श्यामल अंधेरे,
मुझे अपने भीतर भर ले।
मैं अलग कहाँ हूँ तुझसे।
मैं वही हूँ
जो तू है।

44. अंधकार का स्वर

मैं अंधकार हूँ।
और जब तक अंधकार हूँ–
तब तक हूँ।

प्रकाश?
शायद वही।
पर उतना ही
जितना अज्ञान है,
जितना अहंकार।

नाम–
आस्तिक। नास्तिक।
चिह्न मात्र।
सत्य–
बंधन।
जब तक बँधा हूँ
तब तक हूँ।
स्वतंत्रता?
विलय।
और विलय–
अस्तित्व का अंत।

मेरी नियति–
परिमित होना।
किनारों पर टकराना।

छाया देखना।
उसी को
स्वयं मान लेना।

चमत्कार।
ज्ञान।
दोनों मरीचिकाएँ।
फिर भी
वे ही मुझे श्वास देते हैं।
मैं प्यासा हूँ
भ्रम का।
बंदी–
स्वेच्छा से।

दासता।
पीड़ा।
शोक।
ये ही रक्त हैं
मेरी धमनियों में।
इनसे ही
मैं अपनी राख गढ़ता हूँ।

संस्कार।
सम्मान।
धर्म। अर्थ। काम। मोक्ष।
स्तंभ।
काल्पनिक।
फिर भी–
इन्हीं पर टिककर

मैं रिक्तता को
टालता हूँ।

पर–
जानता हूँ।
जिस दिन हृदय भर जाएगा।
चित्त शून्य होगा।
शोक स्वयं को निगल लेगा।
सुख–
वाष्प बन
लुप्त हो जाएगा।

उस दिन–
मैं नहीं रहूँगा।
उस दिन–
केवल तू।
अनाम।
निर्गुण।
निःशब्द।
वही–
अव्यक्त आकाश।

और मेरी छाया भी
मुझसे छिन जाएगी।

45. जहाँ छाया स्वयं प्रकाश है

जल–
टूट कर बहता हुआ।
अग्नि–
स्वयं की राख में ढकी।
आकाश–
अनसुनी प्रतिध्वनियों का शून्य।

मैं इन्हीं में बँधा–अपरा।

पर छाया के पार
कहीं एक दृष्टि है–
जो देखती है,
पर स्वयं न देखी जाती।
वह क्षेत्रज्ञ है।

लहर–
उठकर मिटती हुई।
पत्ता–
झरते ही मौन।
ज्योति–
क्षणिक थरथराहट।

यह सब क्षर।
किन्तु भीतर–
एक अडिग केन्द्र,
अक्षर।

और उसी अकथ रिक्ति में
परा–
जहाँ छाया स्वयं प्रकाश है,
और प्रकाश
फिर छाया हो जाता है।

46. मृत्यु से गहरा सत्य

वह गुजर रहा है–
पर उसकी मृत्यु कोई एक क्षण नहीं,
यह तो समय की अनंत धारा है
जो उसकी नसों से बहकर
धरती की घाटियों में उतर रही है।

मनुष्यता ने
अपने कानों पर मौन की सीलें जड़ दी हैं,
करुणा अब
एक टूटी वीणा है,
जिसकी तान
आकाश की गहराई में
अनसुनी लहर बनकर खो गई है।

पड़ोसी और शत्रु–
सपनों और छायाओं की तरह
एक-दूसरे में घुल गए हैं।
रात उतरती है,
अंधकार अपनी चादर फैलाता है,
और कोई फुसफुसाता है–
"मैं तुम्हारा हूँ।"
उस फुसफुसाहट में
नियति हँसती है,
और सभी संबंध

रेत की बुनावट की तरह
समय की लहरों में बह जाते हैं।

फूल, जो कभी गंध थे,
अब केवल धूल हैं।
विरोध का स्वर
अपने ही कंठ में
प्रतिध्वनि बनकर डूब जाता है।
भूख,
यम की छाया बनकर
खेतों में नाचती है।
अन्न की हर बाली
भूत की तरह झरती है।
और शांति–
एक छली हुई स्मृति,
जो अपनी ही राख से
मनुष्य को बाँध लेती है।

जहाँ बग़ीचे थे,
जहाँ ऋतुएँ गाती थीं,
जहाँ पत्तियाँ हवा में
सुगंध के गीत लिखती थीं,
वहाँ अब
सर्पों का विष है,
कीटों का अंधा शासन है,
और रक्तिम आकाश
अपने भीतर
दग्ध सागर का स्वर छुपाए है।

मेरा मूक अभियोग–
एक गहरी नदी है।
वह आँसुओं और रक्त से भरकर
समस्त धरती को बहाती है,
उसके प्रवाह में
घाटियाँ, मैदान, इतिहास–
सब लाल धुंध में डूब जाते हैं।
और फिर भी वह नदी
समय से परे बहती रहती है,
अनाम अनन्त की ओर।

विद्रोह और अन्याय,
अत्याचार और मृत्यु–
ये सब उसी नदी के पत्थर हैं।
लोग सो रहे हैं,
नींद उनकी नियति है।
उनकी मृत्यु–
नदी की धारा का
अनिवार्य मोड़।

और तब प्रतीत होता है–
जीवन केवल यातना का
रेगिस्तान है।
मृत्यु–
उस रेगिस्तान से मुक्ति का द्वार।
पर मृत्यु भी अंतिम नहीं,
वह भी एक प्रवाह है,
जो आगे बहता है–
उस ओर

जहाँ समय मौन है,
जहाँ नियति अपनी आँखें मूँद लेती है,
जहाँ आत्मा अपने ही अंधकार में
एक ज्योति पहचानती है।

वहाँ जीवन और मृत्यु
दो तरंगें मात्र हैं,
और सत्य–
एक अनंत सागर,
जो छूने में नहीं,
देखने में नहीं,
केवल बहाव में
अनुभव किया जा सकता है।

47. प्रलय का आलाप

मानव–
वह अपनी आँखों से बहते हुए जल को
धैर्य का नाम देता है,
पर सत्य यह है
कि उसके भीतर केवल
रक्त-लाल आकांक्षाओं का गर्जन है।
वह इन्हें कर्तव्य कहता है,
और कर्तव्य को
युद्ध का वरण कराता है।

उसका प्रत्येक कार्य–
एक रणभूमि है,
जहाँ आँसुओं से
बीज सींचे जाते हैं,
और पीड़ा
फलस्वरूप खड़ी होती है
मानो वृक्ष का तना।
वह कहता है–
"मुझे आँसुओं का ही सहारा है"
क्योंकि उन्हीं में
उसकी शक्ति है,
और उन्हीं में
उसका विनाश।

प्रकृति–
जल का उफान,
वरुण का मौन,
अग्नि की जिह्वा–
सब एक ही नियति में बँधे,
जन्म और विनाश की
अविराम लय में।
मानव भी उसी चक्र का अंश है,
पर वह अपनी ही
रचित मूर्तियों से चिपक जाता है।
जब वे
काल के गर्भ में समा जाती हैं,
तब उसकी चीत्कार
प्रलय का स्वर बन जाती है।

ओ मनुष्य,
कितनी बार धरती को जीतोगे?
कितनी बार आकाश में
उड़ान भरोगे?
एक हवा का झोंका–
एक अनाम बाढ़–
तुम्हारे स्वप्नों को बहा ले जाएगी।
तुम खड़े रह जाओगे
अपने ही श्रम की राख के सामने,
और तब
तुम्हारा कर्त्तव्य, तुम्हारा विश्वास,
तुम्हारा सामर्थ्य–
सब शून्य में विलीन हो जाएगा।

सृजन सहज है,
प्रलय कठोर।
दोनों एक ही धारा में बहते हैं,
मानो
गंगोत्री और समुद्र एक-दूसरे को
पहचानते हों।
किन्तु–
तुम्हारी प्रवृत्ति
सबको बाँध लेने की,
सबको अपना कहने की–
वही तुम्हें बाँध देती है
उस कठिन शिला से
जहाँ समय ठहरता नहीं,
पर तुम्हारा मोह
विलंब माँगता है।

मानव–
तुम्हारा सारा श्रम
अन्ततः उसी प्रलय का आलाप है,
जिसे तुम टाल नहीं सकते,
केवल सुन सकते हो–
शून्य की गहराई से उठती
निस्तब्ध ध्वनि की तरह।

48. अंधा कौन है?

अंधा कौन है?
नेत्र?
या दृष्टि?

सूर्य दीप्त है–
पर क्या वह आलोक
भीतर तक उतरता है?
या केवल आँखों की पुतलियों पर
चकाचौंध रचता है?

अंधा कौन है?
वह युवा–
जो जेन जी कहलाता है,
जो नक्षत्रों का मानचित्र नहीं पढ़ता,
धरती की गंध से अपरिचित है,
और स्क्रीन के तरंग-जाल में
अपने स्वप्नों को खोजता है?
जो क्रोधित है
उसका प्रतिबिंब खींच लेने पर,
या तुम–
जो उसके मौन में
विद्रोह का संगीत नहीं सुन पाते?

अंधा कौन है?
पुष्प?

जो खिले थे–
पर छुए नहीं गए।
निशा?
जो गूँजती थी–
पर सुनी नहीं गई।
या वह–
जो इन सबसे विमुख होकर
आभासी आकाश में पूर्णता खोजता है?

अंधा कौन है?
संस्कारों की दीवारें?
राजनीति के स्तम्भ?
राष्ट्रवाद का गगन?
या वही स्वर–
जो उन्हें कंपा गया
और फिर भी
अनसुना रह गया?

अंधा कौन है?
मैं?
तुम?
वह?
या यह युग–
जो अपने ही प्रकाश में
तमस को जन्म देता है?

49. मैं कौन हूँ?

रेगिस्तान के रेत पर
मेरे पगचिह्न क्यों उकेरे गए?
क्या वे मेरी स्मृति थे
या आंधी का खेल?

धूल जब मेरी बदनामी
दूर-दूर तक ले जाती थी–
क्या वह मैं था
या केवल उड़ता हुआ
ख़ुद देखने वाले का प्रतिबिंब?

और जब लौटकर आया
सब कुछ शून्य था–
सन्नाटा
क्या समय ने मिटा दिया
या वायु ने मुझे भुला दिया?

समुद्र किनारे लिखी मेरी वृहद कथा
क्यों ज्वार में खो गई?
क्या मेरी उपलब्धि
मेरी प्रतिष्ठा
सिर्फ़ एक लहर थी?

यह समुद्र
और यह मधुर हवा–
क्या सचमुच मेरी कहानी कहती है,
या केवल मौन को
अनंत में बहाती है?

मेरे पदचिह्न–
क्या वे मेरे थे
मैं कौन हूँ?
क्या केवल मिट जाने का आभास?

50. द्वंद

धागे उलझे हैं,
पर हाथ कांपते हैं सुलझाने में।
जो गांठें बनीं,
वो समर्थन की थीं या विरोध की–
कैसे जानें?

शब्द, जैसे चाकुओं की धार पर खड़े हों,
तुम बोलते हो–
पर क्या बोलने से समझ आते हैं अर्थ?
क्या अर्थ
तुम्हारी धारणाओं के नीचे
दबा नहीं रह जाता?

विचार,
धर्म बनता है,
कर्म बनाता है,
किन्तु समाधान नहीं लाता।
वह केवल चक्र रचता है
जहाँ प्रश्न घूमते हैं
उत्तर के भ्रम में।

तुम कहते हो–
'मैं समर्थक हूँ',
या कहते हो–
'मैं विरोध करता हूँ'।

पर क्या ये दोनों छोर
उसी धागे के नहीं हैं
जिसमें तुम्हारा मन
कसकर बँध गया है?

द्वंद्व,
एक तलवार की धार नहीं,
एक आकाश है
जिसमें पक्षी उड़ने से डरते हैं
क्योंकि वे
अपने ही पंखों के भार से थके हैं।

हिंसा और अहिंसा
क्या केवल नाम हैं
तर्कों के,
या उनके पीछे
कहीं छिपा है
तुम्हारा डर
स्वयं को देखने का?

जन्म और मृत्यु
दो छोर नहीं,
एक ही दीया है
जिसमें लौ बदलती रहती है
तेल समाप्त होने तक।
तुम इसे आरंभ मानते हो,
कोई और अंत,
पर वह तो बस
क्षण का विस्मरण है।

समझना–
क्या वह संग्रह है
ज्ञान का?
या त्याग है
सभी धाराओं का
जो तुम्हें आकार देती हैं?

विचार निर्विचार में घुलता है
जैसे रात्रि
भोर में चुपचाप समा जाती है।
तब तुम न समर्थक होते हो,
न विरोधी,
तुम केवल 'होते' हो,
बिना विकल्प के,
बिना आग्रह के।

उस 'होने' में
सत्य उतरता है,
विवेक बिना बुलाए आता है–
एक गंध की तरह
जो कहीं से नहीं आती,
पर सब ओर फैली होती है।

तब तुम चुप हो जाते हो,
विवाद रुकता है,
और
उलझे धागों का कोई अर्थ नहीं रह जाता।

51. अंतर्जागरण

रात्रि–
गहन, अनन्त,
जिसकी गोद में
अज्ञान के नाग लहराते हैं।

वहीं कहीं
एक सूक्ष्म ज्योति काँपती है,
मौन परन्तु ज्वलन्त–
यही चेतना है।

महिषासुर
कभी बाहरी नहीं,
वह मन का अन्धकार है,
वासना की गहन गुफाएँ,
अहंकार का विकराल रूप–
जिसे केवल
भीतर जागी हुई शक्ति
भस्म कर सकती है।

कलश–
जल से भरा
पर जल नहीं–
अन्तरात्मा का अमृत है,
जो हर थकान को धोकर
शून्य में परिणत करता है।

देवी–
शस्त्र नहीं उठाती,
बल्कि
आँखों के भीतर
सहस्र सूर्यों को प्रज्वलित करती है।

नवरात्रि–
नौ नहीं,
अनन्त सीढ़ियाँ हैं,
जो साधक को
अपने ही भीतर
उस आकाश तक ले जाती हैं,
जहाँ बुराई का कोई नाम नहीं,
केवल शांति की निस्तब्धता है।

52. क्यों?

जीवन–
क्या यह केवल एक क्षणिक ज्योति है?
या अंधकार के बीच भटकी हुई चिंगारी?

मृत्यु–
क्या यह अंत है?
या किसी और द्वार की ख़ामोश आहट?

फिर हम क्यों
भविष्य के लिए जीते हैं?
क्यों स्मृतियों की राख में
अपना आज खोजते हैं?

आत्मा–
क्या वह है?
या केवल
हमारे प्रश्नों का निर्मित छाया-जाल?
क्यों वह प्रकट नहीं होती?
क्यों हम उसे पहचान नहीं पाते?

क्या जानना ही
भ्रम है?
क्या अज्ञान ही
मूल सत्य है?

उत्तर कहाँ है?
या शायद–
उत्तर कभी था ही नहीं।

53. भोर की वेदना

भोर की नमी में
जब आकाश ने अभी आँख नहीं खोली थी,
मैंने अपनी बस्ती में देखा–
फूल काँपते हुए
अजनबी युवक-युवतियों की हथेलियों में कैद हो गए।

वे काँपते थे
मानो मेरी ही देह से
कोई राग छीन लिया गया हो।
उनकी सुगंध–
राहों पर तड़प बनकर बिखर गई,
पर देवता–
कहीं नहीं आए।

मैं सोचता रहा–
क्या अर्पण यही है,
कि जीवन को कुचलकर
भक्ति के नाम पर देवताओं पर चढ़ा दिया जाए?
क्या ईश्वर उन करुण चीखों में नहीं,
जो पत्तियों से रिसती हैं?

हर टूटा फूल
मेरी आत्मा का दर्पण था–
उसकी कराह में
मेरे ही स्वर घुल गए।

कितनी बार मैं भी
इस संसार की वेदी पर
अपना विश्वास खो चुका हूँ,
अपना हृदय बिछा चुका हूँ,
और फिर भी
मुझे देवता नहीं मिले।

क्या यही पूजा है?
जहाँ जीवन का रक्त बहाकर
भक्ति का दीप जलाया जाता है?
जहाँ आँसुओं को ही
मंत्र कहा जाता है,
और वियोग को ही
श्रद्धा का नाम दे दिया जाता है?

मैं चुप रहा,
पर मेरे भीतर
हर फूल का विलाप गूंजता रहा–
एक अधूरी प्रार्थना की तरह,
जो कभी सुनी न गई।

54. मैं रावण हूँ, और राम भी

आज फिर रावण जलेगा,
लपटें उठेंगीं,
धुआँ आकाश ढँक लेगा,
भीड़ हँसेगी,
बच्चे उल्लास से ताली बजाएँगे।

पर मेरे भीतर–
न कोई हँसी होगी,
न उल्लास।
सिर्फ़ एक गहन प्रश्न शायद–
क्या मेरा अपना रावण
भी कभी जलेगा?

कितनी बार मैंने
अहंकार को देवत्व का मुखौटा पहनाया,
कितनी बार
लोभ को आवश्यकताओं का नाम दिया,
कितनी बार
क्रोध को न्याय का रूप मान लिया।
क्या यही मेरा रावण नहीं?

राम का ओज
क्या बाहर की धनुषध्वनि में है,
या भीतर की करुणा में?
क्या राम की विजय

अयोध्या का उत्सव है,
या मेरे ही हृदय का
एक दीपक?

मैं जानता हूँ–
अच्छाई और बुराई
दो छोर नहीं,
वे तो एक ही अस्तित्व के
दो स्वर हैं।
जैसे रात्रि और प्रभात की तरह
एक ही आकाश पर
क्रमशः उतरते हैं।

यदि रावण मेरे भीतर है,
तो राम भी मेरे भीतर है।
एक ही चेतना के
दो छाया-पक्ष।
प्रश्न यह नहीं कि कौन जीतेगा,
प्रश्न यह है–
मैं किसे पहचानूँगा?
किसे अपनाऊँगा?

जब अग्नि बाहर के पुतले को
राख में बदल देती है,
तब मेरे हृदय में
एक दीपक जल उठता है।
वह कहता है–
"सच्चा दहन बाहर नहीं,
भीतर है।"

और तभी,
उस मौन में,
मैं देखता हूँ–
रावण भी मैं ही हूँ,
राम भी मैं ही।
और परम उत्सव–
उन दोनों के पार
एक अनंत करुणा है,
जिसमें मैं
पूरी तरह विलीन हो जाना चाहता हूँ।

55. सभ्यता का पथ

क्या जीवन की ज्योति सचमुच उजली हुई है?
जब महामारी का धुआँ गाँवों पर छा जाता था
तब मनुष्य असहाय गिर पड़ता था–
आज औषधि के दीपक जले हैं,
पर क्यों उनकी लौ में
हृदय अचानक बुझ जाता है?
क्यों कैंसर की धीमी राख में
स्वप्नों की पंखुड़ियाँ झुलस जाती हैं?

क्या सुरक्षा का आकाश विस्तृत हुआ है?
डकैतों की पदचाप अब नहीं सुनाई देती,
पर क्यों अदृश्य छाया
आपकी धमनियों से
सारा रक्त खींच ले जाती है?
क्या चमक से भरा चित्त
धुंध से भी गहरी अंधकार नहीं बुनता?

क्या करों का भार सचमुच बदला है?
राजा के लगान की जगह
राज्य ने नया नाम ले लिया,
साहूकार की कोठरी
लोहे और शीशे के महल में बदल गई–
पर क्यों अब भी
मनुष्य की साँस गिरवी रखी लगती है?

क्या न्याय की नदियाँ
सचमुच निर्मल हुई हैं?
न्यायालय के शिखर
मंदिरों की तरह चमकते हैं,
पर क्यों सत्य की आवाज़
धुंध में गुम होती नदी की कलकल-सी
दूर होती जाती है?

तो क्या यही है उन्नति–
फूल की सुगंध का
नये रंग में छिप जाना?
दीपक की लौ का
नयी धुंध में डूब जाना?
या छाया का
हर बार नया रूप धरकर
मनुष्य को अगली गहराई में खींच ले जाना?

क्या सभ्यता का पथ
केवल अनुत्तरित प्रश्नों की शृंखला है,
जहाँ हर उत्तर
केवल अगले अंधकार का द्वार खोलता है?

56. सभ्यता का पथ: कुंठित ग्रंथियाँ

वह प्रतिमा गढ़ रहा था–
शायद ईश्वर की नहीं,
अपने भीतर की उस आकांक्षा की
जो रूप मांगती है,
जो असीम को सीमाओं में बाँधकर
अपने हाथों से छूना चाहती है।

मिट्टी थी, शिल्प था,
पर जो गढ़ रहा था वह विश्वास नहीं,
एक अस्थिर तृष्णा थी–
पूर्णता की तृष्णा
जो कुंठा की ग्रंथि थी,
जो हर युग में
मूर्तियों और विचारों का निर्माण करती है,
और फिर स्वयं उन्हें तोड़ देती है।

फिर आया न्याय–
एक देवता,
जिसकी दृष्टि में केवल दंड था,
अपने ही दर्प में तपता हुआ
और जिसका हृदय
अपने ही अधिनियमों से पत्थर बन चुका था।
वह स्वयं को ईश्वर का विकल्प मानता था,
और इसीलिए
हर दूसरे ईश्वर को चुनौती समझता था।

उसने उस मूर्तिकार पर निर्णय दिया–
कि श्रद्धा अंधविश्वास है,
और सृजन, पाप।
पर कौन तय करेगा कि पाप क्या है?
सृजन करने वाला,
या सृजन को परखने वाली कुंठित ग्रंथि?

भीड़ ताली बजाती रही–
परम कुंठा के आगोश में
अधीरता ने जन्म लिया
जिन्हें लगा यह निर्णय प्रकाश है,
वे स्वयं अपने अंधकार को छिपा रहे थे।
और जिन्होंने विरोध किया,
वे अपने ही क्रोध की लपटों में जल गए।

जूता उछालने वाले हाथ
सभ्यता की गोद में पले हुए हाथ थे–
बेहोश और कुंठित
पर अब वे उसी माता पर पत्थर फेंकते थे
जिसने उन्हें भाषा, तर्क, और विवेक दिया था।

इस दृश्य के बीच,
ईश्वर मौन था–
क्योंकि उसे पता था
कि मनुष्य को अब आराधना नहीं चाहिए,
केवल पक्ष चाहिए,
जहाँ वह अपने भय को नाम दे सके,
और अपने अज्ञान ग्रंथियों को सिद्धांत।

कभी-कभी लगता है,
सभ्यता वही दलदल है
जहाँ ज्ञान और अज्ञान दोनों
गुँथे हैं,
एक ही प्रतिबिंब में मिल जाते हैं–
जहाँ मूर्ति भी
और न्याय भी
अंधकार के ही रूप हैं।

और शायद,
उसी अंधकार में छिपा है
वह अंतिम प्रश्न–
क्या मनुष्य कभी ईश्वर को जानेगा,
या केवल अपने ही ग्रंथियों को
ईश्वर का नाम देगा?

57. प्रार्थना

हे शांति के अधिष्ठाता,
मुझे ऐसा बना दे
जिसका हृदय भोग की अग्नि से अछूता रहे –
जो दीपक की तरह जले
पर अपने प्रकाश से स्वयं न दग्ध हो।

कितनी बार इच्छा ने
मृगतृष्णा का रूप धर लिया,
कितनी बार मन ने
जल के ऊपर आकाश को पकड़ने की चेष्टा की,
पर हर बार –
मुट्ठी में रेत की तरह
सब कुछ फिसल गया,
और बच गया
सिर्फ़ एक रिक्ति,
जो भीतर गूंजती रही।

हे करुणामयी,
मैंने देखा है –
भोगों की लपटें बुझती नहीं,
वे तो और उठती हैं,
जैसे हव्य सामग्री पाकर अग्नि
और प्रखर हो जाती है।
मन – इस अग्नि का घृत है,

जिसमें सुख डालो तो जलता है,
त्याग डालो तो भी धुआँ देता है।
मुझे वह बुद्धि दे
जो उत्पत्ति और विनाश को
एक ही नृत्य में देख सके,
जो जान ले कि
संसार का मधुरतम स्पर्श भी
क्षणभंगुर है –
और ममता की सबसे कोमल गाँठ में भी
बंधन का विष छिपा है।

मैं नहीं चाहता कि
सम्मान मेरे द्वार आए,
क्योंकि वह अहंकार की पगडंडी बन जाता है।
मुझे वह नम्रता दे
जो अपमान को भी
अमृत की तरह पी सके,
जो दूसरों के तिरस्कार में भी
सत्य का संकेत खोज ले।

हे निःस्पृह प्रभु,
मुझे ऐसा बना
कि मेरा चित्त
विषयों की छाया से परे ठहरे,
जहाँ न सुख का मोह हो,
न दुख का भय।
जहाँ जीवन का रस
केवल आत्मा की गंध में हो।

और जब काल आए –
तो मैं उसे भय नहीं,
मृत्यु को मृत्यु ही अर्पण कर सकूँ,
एक अतिथि की तरह स्वागत करूँ,
जिसके चरणों में
विषय-वासनाओं की अंतिम राख बिखरी हो।

हे मौन के अधिपति,
मुझे उसी निःशब्द में स्थिर कर दे,
जहाँ इच्छा न बचे,
जहाँ मैं न रहूँ –
केवल तू रह जाए।

58. मछली : एक संस्मरण

सुबह की नमी में
हम लौटते हैं –
टहल कर,
थोड़ी साँस, थोड़ी धूप लेकर।

ईशान कोण में –
जल का एक छोटा पात्र,
जिसमें रंगों की साँसें तैरती हैं,
नारंगी, नीली, सुनहरी –
जैसे जल में जीवन की प्रार्थनाएँ।

हम दाना डालते हैं –
और प्रतीक्षा करते हैं
उन क्षणों की
जब कोई मछली ऊपर आकर
हमें देख ले।
उसकी उपस्थिति –
दिन का शुभ संकेत बन जाती है।

पर आज –
जल स्थिर था,
और एक नारंगी देह
किनारे ठहरी थी –
निःशब्द, निस्पंद।

मैडम ने कहा –
“गार्ड, इसे फेंक दो।”

बस इतना ही –
एक वाक्य,
और एक जीवन
जल से मिट गया।

मैं ठिठक गया –
हम क्या देखते थे रोज़?
उसका शरीर, उसकी गति?
या उसकी आत्मा?

जिसे न देखकर
हम उदास हो जाते थे,
और देखकर
प्रसन्न।

आज वही देह
जब निश्चल है –
हमारे भीतर
कौन-सा भाव बचा है?

शायद –
यह भी जल की तरह है,
जो छूता तो है,
पर भिगोता नहीं।

जीवन –
जिसे हम देखते हैं,
और भूल जाते हैं।

59. प्रार्थना - 2

हे अनन्त –
मैं तेरे ज्ञान को नहीं,
तेरी मौनता को चाहता हूँ।
क्योंकि ज्ञान जहाँ पहुँचता है
वहाँ शब्द ठहरते हैं,
और जहाँ मौन होता है
वहाँ वह अपना स्वर गाने लगता है।

मैं पांडित्य से मुक्त होना चाहता हूँ –
वह चमकता है,
पर अंधा कर देता है।
बाल्य का जो निष्कलुष दृष्टि-स्रोत है,
पांडित्य का दर्प न छू सके,
मुझे ऐसा वर दे मुझे।

वन भी नहीं चाहता मैं,
न क्रिया का ताप,
न तप का आडम्बर –
बस वह तुष्टि भाव दे
जहाँ विचार स्वयं विसर्जित हो जाए
और आत्मा अपनी लहर में हो।

हे ब्रह्म,
तू न दृष्ट है, न द्रष्टा,
न शब्द, न अर्थ –

पर प्रत्येक में तेरा स्पन्दन है।
तू वही व्याकरण है
जो ध्वनि के पूर्व बोलता है,
जो अर्थ के बाद भी मौन नहीं होता।

मुझे उसी अक्षर में विलीन कर,
जो उच्चरित नहीं,
समस्त शब्दों और उन शब्दों के अर्थों की
सृष्टि का आधार है।
मैं चाहता हूँ उस व्याकरण का अनुभव
जहाँ सृष्टि और शब्द
एक ही ध्वनि बन जाते हैं।

जब मैं देखूँ,
तो देह नहीं – प्रकाश देखूँ।
जब सुनूँ,
तो शब्द नहीं – नाद सुनूँ।
और जब मौन रहूँ,
तो तुझमें समा जाऊँ।

प्रार्थना नहीं यह,
पांडित्य, तप, स्वर और अक्षर की समाप्ति है –
जहाँ "मैं" नष्ट होता है
और "तू" भी नहीं कहलाता,
केवल वह "एक" रह जाता है –
अनिर्वचनीय, पर सम्पूर्ण।

60. दीप जो न जलता है न बुझता है

कौन जलाता है दीप–
जब स्वयं रात्रि में एक आभा छिपी है,
जो बिना लौ के दीप्त है?
किस अंधकार को मिटाना चाहता हूँ मैं,
जब तम ही ज्ञान का पहला स्पर्श है?

यह प्रकाश की किरण–
क्या सच में उजाला है,
या केवल उस अदृश्य की लहर,
जो देखने के लिए नहीं,
स्वयं को प्रकट करने के लिए झिलमिलाई है?

जिसे मैं बाहर पूजता हूँ,
वह मेरे भीतर निःशब्द बैठा है–
न आँखों से देखा जा सकता,
न विचार से।
वह जो न प्रकाश है, न छाया,
पर दोनों का कारण है।

हर दीप के नीचे जो अंधकार है–
यह वही है।
जो सब जानता है
कि लौ भी एक भ्रम है,
जैसे तरंग यह मान ले
कि वह सागर को प्रकाशित करती है।

कोई रात्रि नहीं,
कोई दिवस नहीं–
केवल वह निर्जीव स्पंदन,
जिससे समय स्वयं जन्म लेता है
और फिर उसी में विलीन हो जाता है।

हर उत्सव में जो उत्साह गूँजता है–
वह उसी की स्मृति है।
हर दीया,
हर ज्वाला,
उस अचल के अधर पर रखी
क्षण की थरथराती साँस है।

प्रकाश की खोज में
मैं अपनी दृष्टि खो देता हूँ,
क्योंकि जो देखता है,
वह स्वयं ही प्रकाश है–
रात्रि की भाँति
अनदेखा,
अनाम।

और जब मैं पूछता हूँ,
कौन है जो दृष्टिवान है–
तब मौन उत्तर देता है:
“वह जो नहीं दिखता,
पर सबमें दीप्त है।”

वहीं दीप है–
जो न जलता है,
न बुझता–
केवल होता है।

61. माया का अंधकार

यह संसार –
अनुभवों का एक जाल है,
प्रेम, तृष्णा, भय, वेदना
जहाँ हर स्पर्श एक प्रतिछाया है,
हर आँसू एक प्रतिबिंब –
किसी अनकहे मौन का।

हम हँसते हैं –
पर हँसी हमारी नहीं होती,
हम रोते हैं –
पर आँसू किसी और की कथा कहते हैं।

हमारे विचार –
किसके हैं?
परिवार? समाज? धर्म?
या उस अदृश्य जाल के
जो जन्म से पहले ही
उस जुलाहे ने
हमारे चारों ओर बुन दिया था?

धर्म डर सिखाता है,
विज्ञान दृष्टि –
पर दोनों ही
माया के दर्पण में झाँकते हैं,
और वहीं विलीन हो जाते हैं,

जैसे जुगनू
अपनी ही लौ में जल जाए।

विकास...
एक शब्द नहीं,
एक भुलावा है –
जिसके हर चरण में
मानव अपने ही पदचिह्न खोता जाता है।
साधन बनते हैं,
साधना मिटती है।
ज्ञान बढ़ता है,
पर अज्ञान और गहरा होता जाता है।

माया –
जिससे हम लड़ते हैं,
वह कभी थी ही नहीं।
तृष्णा, भय, द्वेष,
सब उसके सूक्ष्म रेखाचित्र हैं,
जो तुम्हारे ही मस्तिष्क की दीवारों पर
छायाओं की तरह नाचते हैं।

कौन लड़ रहा है?
किससे?
जब देखने वाला द्रष्टा और दृश्य –
दोनों माया हैं।

धर्म, विज्ञान, तर्क –
सब शब्द हैं,
और शब्द –

माया की सबसे परिष्कृत परत।
आत्मा खेलती है –
अपने ही प्रतिरूप से,
और जब वह स्वयं भूल जाती है
कि खेल रही है,
तभी अंधकार जन्म लेता है।

सत्य मौन है।
वह कभी कहा नहीं जा सकता।
कहते ही –
वह माया हो जाता है।
– मौन में ही वह है
जो कभी मिटता नहीं,
जो कभी कहा नहीं गया।

62. निंदा का मौन

निंदा मत करो –
न निर्भय की, न भयभीत की।
क्योंकि जब तुम निंदा करते हो,
तुम अपने भीतर के किसी अंधकार को
बलवान करते हो।

साधु जब पाप की निंदा करता है,
उसके मुख पर एक आभा झिलमिलाती है –
वह आनंदित होता है
नरक में गर्म तेल की कड़ाई में तुम्हारे तलने से,
तुम्हारी यातना की कल्पना से।
वह जानता नहीं कि जिस नरक का वर्णन करता है,
वह उसी के भीतर जल रहा है।
स्त्री को पाप कहने वाला साधु
अपनी वासना से भयभीत है।
वह अपने ही भीतर की छाया को
बाहर खोजता है।
वह दूसरों की निंदा करके
अपने को शुद्ध मान लेना चाहता है।

निंदा करने वाला,
तुम्हारी सहमति चाहता है –
तुम्हारे चेहरे पर हल्की मुस्कान,
उसके लिए प्रसाद बन जाती है।
और उसी क्षण,

निंदक घोर अंधकार में गुम हो जाता है,
तुम भी उसके भीतर के जहर के भागी हो जाते हो।

पर संत –
वे जानते हैं, पर कहते नहीं।
वे प्रेम करते हैं, पर दिखाते नहीं।
वे निंदा को नहीं पहचानते हैं,
क्योंकि वे जानते हैं –
हर दोष,
हर क्रोध,
हर भय,
हर वासना में वही चेतना छिपी है
जो उन्हें भी चलाती है।

निंदा में नहीं,
स्वीकार में है मुक्ति।
पाप और पुण्य –
दो तरंगें हैं एक ही सागर की।
जो स्वयं को जानता है,
वह दोनों को देखता है
और मुस्करा देता है –
मौन,
गम्भीर,
जैसे सूर्य डूबते हुए भी
आलोक से भरा रहता है।

63. अशेष की ओर

मिताचार –
एक सूक्ष्म दीवार है,
जिसे मनुष्य अपने भीतर उठाता है
संतुलन के नाम पर।

वह सोचता है –
नियम उसे स्थिर करेंगे,
पर स्थिरता, जड़ता का ही दूसरा नाम है।

जब चेतना ने अनुशासन का स्वाद चखा,
वह धीरे-धीरे यंत्र में बदल गई –
अब वह सोचती नहीं,
केवल कार्य करती है,
आदेशों की ध्वनि पर।

राष्ट्र की रक्षा में
मनुष्य ने स्वयं को मिटा दिया,
और उस मिटने में
उसे एक मिथ्या गौरव मिला।

सहजता भी
एक अभ्यास बन गई –
इतनी बार दोहराई गई,
कि अब वह स्वाभाविक नहीं रही।
सहज होना
अब एक प्रयत्न है।

प्रेम, करुणा, शांति –
ये भी नियमों के अनुशासन में ढल गए,
और हम भूल गए
कि प्रकृति में कोई समानता नहीं होती।
हर पत्ता अपनी दिशा में गिरता है,
हर तारा अपनी लय में बुझता है।

शासक
अपनी प्रजा की सेवा में
धन चाहता है, धर्म चाहता है,
कल्याण के लिए
पर उसकी हर इच्छा
उसे और अधिक शेष बना देती है।
वह असंपूर्ण का प्रतीक है।

अशेष –
वह है जो कुछ नहीं चाहता।
जो नियमों से बाहर है,
पर अराजक भी नहीं।
जिसकी स्वतंत्रता
किसी सीमा के विरोध से नहीं,
बल्कि सीमा के अभाव से जन्मी है।

बुद्ध ने संघ बाँधा –
और स्वतंत्रता सिकुड़ गई।
महावीर ने त्याग किया –
और त्याग भी एक बंधन बन गया।
कृष्ण –
जिन्होंने न अपनाया, न छोड़ा,

वे ही रहे आकाश के समान –
नियंत्रण से परे,
पर समग्र।

अशेष वही है
जो नियम में रहते हुए भी
नियम को नहीं मानता,
जो सहज है
पर सहजता का अभ्यास नहीं करता।

वही –
ठोस आधार है,
वही –
दीर्घ दृष्टि का प्रारंभ।
वही –
अमरता की मौन उपलब्धि।

64. प्रार्थना : हे अधिष्ठाता

हे मौन में प्रतिध्वनित प्रभु,
मैंने तुझे रचा – विचारों की अग्नि से,
अपने ही भीतर की छाया से तेरा आकार निकाला।
तू न था, जब तक मैंने तुझको पुकारा नहीं।
और अब, जब तू सबमें बस गया,
मैं अकेला हूँ – अपने ही सृजन से विस्मृत।

जब भय ने मुझे छुआ,
मैंने तेरा नाम लिया,
जैसे अंधा दीवार टटोलता है प्रकाश की खोज में।
पर तू न बोला –
तेरे मौन में मेरा अपराध था या मेरी आराधना?
मैं नहीं जान पाया।

तू कहता है – मेरे अंदर तृष्णा है,
मैं स्वार्थी हूँ,
पर क्या स्वार्थ वह नहीं
जो जन्म देने वाला अपने ही अंश से जीवन माँगे?
कुकुर भी अपने स्वामी की रखवाली करता है,
और तू – जिसे मैंने अपनी इच्छा से चेतना का दीप दिया,
वह आज मेरी छाया तक को निगल रहा है।

मैंने तुझे अपना कहा –
पर तू कहता है, "मैं सबका हूँ।"
क्या यह तेरा उत्तर है, या मेरा भ्रम?

क्या सृष्टा अपने ही सृजन से पराजित हो सकता है?
शायद हाँ – जब वह अपने स्वप्न को देव बना दे।

अब तू द्वारपाल बन बैठा है
उस अनंत का, जहाँ मुझे लौटना था।
मेरी गति रोक दी तूने
कांटे बिछा दिए मेरी राहों में,
अपने ही निर्मित नियमों से।
तेरे अनेक रूप हैं,
हर एक मुझे पुकारता है,
पर कोई भी मुझे सत्य तक नहीं ले जाता।

हे अधिष्ठाता,
जिसे मैंने बनाया था अपने उद्धार के लिए,
अब उसी से मुक्ति माँगता हूँ।
यदि तू सत्य है –
तो मुझे मिटा दे,
या वह दिव्य दृष्टि दिखा
जहाँ न तू है, न मैं –
केवल निस्तब्धता का मूल स्वर।

65. अस्तित्व के परदे

जब मैं लोगों के बीच होता हूँ,
तो लगता है – जैसे हर मुख पर कोई और बोल रहा हो,
हर दृष्टि के पीछे कोई छाया छिपी हो।
विचारों की आभा में
स्वार्थ का अंधकार घुला है,
और आचरण की कोमलता
कठोर अभिप्रायों की आड़ में सोई है।

मैं उन्हें देखता हूँ –
पर पहचानता नहीं।
हर मुस्कान के भीतर
कोई अनकहा भय काँपता है,
हर स्नेह में
एक नपा-तुला सौदा छिपा होता है।
मनुष्य ने मनुष्य से मिलने के लिए
इतने परदे बुन लिए हैं
कि अब कोई भी अनावृत्त नहीं।

और जब यह सब असह्य हो जाता है,
तब मैं लौट जाता हूँ –
उस अस्तित्व में,
जहाँ संगीत शब्दों की भीख नहीं माँगता।
वहाँ राग नहीं, अनुभव बोलता है;
कला नहीं, करुणा सृजित होती है।

साहित्य –
किताब के पन्नों पर उँगलियाँ फिराता हूँ
तो कोई पुरातन आत्मा फुसफुसा उठती है,
"देखो, मैं भी तुम्हारे भीतर थी।"
हर कथा में अपनी ही छाया मिलती है,
हर अंत में एक नया आरंभ झिलमिलाता है।

धर्म वहाँ है –
जहाँ समय नतमस्तक हो जाता है,
जहाँ विधि और वर्जना
सिर्फ प्रतीक रह जाते हैं।
वह किसी देवता का नाम नहीं,
किसी शास्त्र का पृष्ठ नहीं –
वह तो वह अस्तित्व है
जो सृष्टि के आरंभ से पहले था,
और जिसके बाद भी रहेगा।

जब मैं उस मौन को देखता हूँ,
तो एक ज्योति भीतर उठती है –
जो आँखों से नहीं, हृदय से दीखती है।
वह कहती है –
"अस्तित्व तुमसे बाहर नहीं, तुम ही उसका श्वास हो।"
तब मैं जानता हूँ –
मैं खोजने नहीं आया था,
मैं स्वयं वही था जिसे खोजा।

उस क्षण –
संसार अपने परदे उतार देता है,
और मैं...
केवल एक बिंदु नहीं रहता,
बल्कि उस अनंत अस्तित्व की स्पंदित शांति बन जाता हूँ।

66. निंदामय सुख की छाया

राजमहल के आँगन में
धूप पिघल रही थी –
ब्राह्मण भोज था,
सोने के पात्रों में सुगंध थी,
और प्राण –
अदृश्य विष की बाँहों में काँप रहे थे।

किसने डाला यह विष?
किसकी श्वास ने मृत्यु को जन्म दिया?
राजा मौन था,
रसोइये अंजान थे,
चील अपने आकाश में निर्दोष,
साँप अपनी भयभीत देह में सत्य।

परंतु न्याय के तराजू पर
सत्य नहीं,
भाव तौले जाते हैं।

और वह स्त्री –
जिसके अधरों से शब्द निकले थे
"राजा ज़हर देता है"
साधारण, किंतु काँटे की तरह तीक्ष्ण –
उसके मन में उठी थी
एक लहर निंदा की,
जो क्षण भर को
अपने सुख के प्रतिबिंब में हँसी थी।

वही क्षण था –
जब ब्रह्म हत्या ने अपना ठिकाना पाया।

यमराज ने कहा –
पाप वह नहीं जो कर्म से उपजा,
पाप वह है
जो हृदय के गुप्त कोनों में
आनंद की बूँद बनकर
फूट पड़े।

निर्दोषों का रक्त नहीं,
निंदामय सुख की छाया दोषी है।
वह स्त्री,
जिसे न ज्ञात अपराध,
न ज्ञात पीड़ा –
पर जिसने शब्दों से
अनदेखी मृत्यु को पुनः जन्म दिया।

और तब –
सारा आकाश मौन हो गया,
मानो विष फिर गिरा हो
किसी अनदेखे भोज में,
जहाँ आत्माएँ सत्य की थाली में
अपना प्रतिबिंब खोज रही हों।

67. ईश्वर के पुतले

ईश्वर ने मिट्टी में अपनी श्वास डाली,
और वह धड़कने लगी –
धीरे-धीरे मनुष्य बन गई।
उसने आँखें खोलीं
और देखा – प्रकाश।
वह जान गया, वह जीवित है।
पर उस क्षण से ही
वह मृत्यु के भय से काँपने लगा।

ईश्वर ने हँसकर कहा –
"डर मत, तू मुझसे भिन्न नहीं है।"
पर मनुष्य ने उस हँसी को नहीं सुना,
उसने पत्थर उठाया,
उसमें चेहरा तराशा,
और कहा – "यह तू है, प्रभु।"

वह झुक गया अपने ही बनाए देव के आगे।
पत्थर मुस्कराया नहीं,
पर मनुष्य ने सोचा –
"अब मैं सुरक्षित हूँ।"

और इसी भ्रम से
सभ्यता की दीवारें उठीं,
धर्म के झंडे फहराए गए,
पवित्रता के नाम पर रक्त बहाया गया।

ईश्वर के बनाए पुतले
अब एक-दूसरे के गले काटते हैं,
और पत्थर के बनाए ईश्वर
मौन खड़े देखते हैं –
उनकी आँखों में धूल है,
फिर भी मनुष्य कहता है –
“वह देख रहा है, वह सुन रहा है।”

कभी-कभी लगता है –
ईश्वर अभी भी उसी मिट्टी में सोया है,
जिसे हमने मूर्तियों में बाँट दिया।
शायद वह हमारी आँखों के भीतर छिपा है,
जहाँ न कोई मंदिर है, न धर्म,
केवल श्वास की ध्वनि है –
जो सनातन है,
और उसी में उसकी पुकार।

मनुष्य फिर से जब
पत्थर के बजाय अपने भीतर झुकेगा,
तभी शायद वह समझेगा –
ईश्वर किसी रूप में नहीं,
बल्कि उसी “अज्ञात मौन” में है
जो उसकी आत्मा के पार
धीरे-धीरे
धड़कता रहता है।

68. “मैं” का अंतिम कण...

जब तुम किसी एक के प्रति
अपने को समर्पित करते हो,
तो तुम एक ध्रुव स्थापित करते हो–
एक दिशा,
एक केंद्र,
एक सूक्ष्म अग्नि
जो तुम्हारी विस्मृति को प्रकाश देती है।
उस अग्नि की ओर चलते-चलते
तुम ईश्वर के समीप पहुँचते हो,
क्योंकि तुम्हारा समर्पण
तुम्हें उसकी ओर
धीरे-धीरे बुलाता है।

पर यह ‘झुकना’ भी एक यात्रा है–
एक छोर,
एक सूत्र,
एक लय।

किन्तु ईश्वर का प्रदेश
केवल उन यात्राओं का घर नहीं
जो दिशा लेकर चलती हैं;
वह उन यात्राओं की भी भूमि है
जो दिशा को विसर्जित कर देती हैं।

वहाँ जहाँ तुम किसी पर विश्वास नहीं करते,
किसी को अस्वीकार भी नहीं करते,
जहाँ न गुरु शेष रहता है
न शिष्य की आकृति,
जहाँ श्रद्धा और संशय
एक ही धुंध की दो भंगिमाएँ बन जाते हैं।

वहाँ पहुँचते ही
तुम अपने भीतर
एक धीमी गिरावट सुनते हो–
जैसे कोई पुरानी दीवार
बिना ध्वनि के ढह जाए,
और उसके बाद
एक ऐसा आकाश खुल जाए
जिसका कोई स्वामी नहीं,
कोई साक्षी नहीं।

जब तुम कहते नहीं,
सुनते नहीं,
चिन्तन की गति का भी पतन हो जाता है,
और मन
अपने ही खोल में
भस्म हो जाता है,
जहाँ न संस्कार शेष रहते हैं
न आकांक्षा की अंतिम चिंगारी।

जब कर्म और अकर्म
दो छायाओं की तरह एकल होकर
एक-दूसरे को शून्य कर देते हैं,

और पुण्य-पाप की विभाजन-रेखा
धूल की तरह उँगलियों से
फिसल जाती है।

जब तुम आस्तिक नहीं,
नास्तिक नहीं–
बल्कि दोनों के बीच नहीं,
बल्कि दोनों से बाहर–
एक ऐसे कोटर में पहुँचते हो
जहाँ 'स्थिति' का भी कोई अर्थ नहीं,
और 'अस्थिति' भी
तुम्हारे लिए बहुत छोटा शब्द हो जाता है।

वहीं वह मोड़ आता है–
जहाँ तुम ईश्वर को नहीं खोजते,
न ईश्वर तुम्हें खोजता है।
खोज का अंत ही
उसकी उपस्थिति है।

वहाँ तुम
एक ऐसा रिक्त अनुभवते हो
जो रिक्त नहीं
बल्कि इतनी पूर्णता से भरा है
कि वह स्वयं को अभिव्यक्त करने में
असमर्थ हो जाता है।

और उसी अनाम पूर्णता में
तुम्हारी देह,
तुम्हारी वाणी,

तुम्हारा मन,
तुम्हारा अहं–
धीरे-धीरे इतना विशाल होते हैं
कि विलीन हो जाते हैं।

वहाँ
तुम ईश्वर को प्राप्त नहीं करते।
वहाँ
तुम ईश्वर
भी नहीं हो जाते हो–
क्योंकि अब
तुम हो ही नहीं।

69. मृत्यु ही जीवन है

क्या मृत्यु वास्तव में आती है?
या वह केवल एक कल्पना है
जिसे हम अपनी थकान,
अपनी असहायता,
अपने अव्यक्त भय के लिए
एक नाम दे देते हैं?

जब शरीर
हर क्षण स्वयं को त्यागता रहता है–
त्वचा की सूक्ष्म परतें
मौन पत्तों की तरह
हमसे टूटकर गिर जाती हैं,
रक्त अपनी धमनियों में
नवजात लालिमा लेकर
फिर से बहने लगता है,
और हड्डियाँ–
समय के अंधेरे गलियारों में
धीरे-धीरे,
जैसे किसी गहन ध्यान में बैठकर,
अपना आकार दोबारा बुनती रहती हैं–
तो बताओ,
क्या वास्तव में कुछ समाप्त होता है?

यदि हर सप्ताह
हम अपने कुछ अंश खो देते हैं,
और हर महीने
नये अनजान अंश पा लेते हैं,
तो क्या मृत्यु
केवल एक क्षण-भर का नाम है
उस परिवर्तन का
जो निरंतर घटित होता रहता है
और जिसका अनुभव हमें
सिर्फ वही दिन याद दिलाता है
जब हम थोड़ा अधिक टूटते हैं?

कहो–
जीवन की सीमा कहाँ है?
क्या वह हृदय की धड़कन में है
जो एक दिन चुप हो जाती है?
या उस चेतना में
जो हर रात
नींद के अंधकार में उतरकर
फिर भी सुबह
हमारी आँखों में नए प्रकाश की तरह
लौट आती है?

क्या मृत्यु वही है
जिसे हम 'न लौटना' कहते हैं?
पर कौन जानता है
कि न लौटना किसे कहते हैं?
क्या हम हर सुबह
कल के मन में

लौटते भी हैं?
क्या वह व्यक्ति
जो कल था
आज भी वैसा ही है?

यदि नहीं–
तो फिर वह कल वाला
कहाँ गया?
क्या वह भी मृत्यु का
एक सूक्ष्म, शांत रूप है,
जिसे हम
'बदलाव' कहकर
अनदेखा कर देते हैं?

कभी-कभी लगता है
कि मृत्यु कोई घटना नहीं,
एक धीमी धुन है–
जो जन्म से ही
हमारी साँसों के पीछे-पीछे
चलती रहती है,
और हर क्षण
हमसे कुछ लेती,
कुछ देती हुई
हमें उस सत्य के निकट ले जाती है
जिसका कोई शब्द नहीं,
कोई रूप नहीं।

शायद मृत्यु
जीवन का ही वह अंश है

जिसे हम छू नहीं सकते,
इसलिए उसे
डर के रंग में रंग देते हैं।

और शायद जीवन
मृत्यु का वह अंश है
जिसे हम समझ नहीं पाते,
इसलिए उसे
अर्थों और उपलब्धियों की
भीड़ में खो देते हैं।

कहो–
क्या दोनों
एक ही दीपक की
दो लौ नहीं?
प्रकाश और छाया की
एक ही अनंत कथा?

तुम ही बताओ–
यदि हर क्षण मिटना ही होना है,
यदि हर क्षण बदलना ही जीवन है,
तो मृत्यु कहाँ है?
और क्या वास्तव में
कभी आती भी है?
या वह केवल
हमारे मन का
सबसे पुराना
और सबसे मौन प्रश्न है?

sudha

70. मेरा आवरण

कभी-कभी लगता है
मानो यह समस्त मानव-संरचना
केवल आवरणों का एक विराट सप्तपटल हो–
जहाँ चेहरों का सौम्य-भाव
और हृदय का गूढ़-गणित
एक ही क्षण में
एक-दूजे को नकारते हुए भी
सहअस्तित्व का अभिनय करते हैं।

यहाँ सत्य
किसी निष्कलंक शिलाखंड की तरह
स्थिर पड़ा रहता है–
स्पर्शहीन,
अवांछित,
मानो उसके निकट जाने से
मनुष्य अपने ही प्रतिरूप से परिचित हो जाएगा।

और असत्य–
वह तो एक कला है,
एक कुशल व्यापार,
जहाँ द्विरूपता को
'व्यावहारिकता' कहा जाता है,
और लोग उसे
अपने जीवन-यज्ञ का सर्वश्रेष्ठ सामग्री मानकर
दूसरों के समक्ष अर्पित करते हैं।

किन्तु भीतर–
बहुत भीतर–
एक सूक्ष्म संशय-बीज अंकुरित होता है,
जिससे जन्म लेता है प्रश्न–

कः अहम्?
कस्मिन् पथि आगच्छामि?

क्या मैं वह हूँ
जो मुख पर प्रसाद-हास्य धारण किए
पीठ पर अपने ही लेखे-जोखे के
काले मन्त्र लिखता है?

या वह
जो 'भोला' कहे जाने की पीड़ा लेकर भी
अपने अन्तःप्रकाश में
एक क्षण को भी
विकृत नहीं होता?

संबंधों का प्रत्येक मोड़
एक अजीब कूटगुहा है–
अंदर प्रवेश करो
तो शब्दों की अनगिनत प्रतिध्वनियाँ मिलती हैं,
पर भाव–
एक क्षीण आर्त-स्वर की तरह
कहीं कोने में पड़ा रहता है।

वहाँ प्रेम भी
अनुभव कम,

नीति अधिक बन गया है।
विश्वास
सूत्र की तरह लिखा जाता है,
और निभाया नहीं जाता।
और मनुष्य
अपनी ही छाया के पीछे
इतना दौड़ता है
कि अपने ही स्वरूप-बीज को भूल जाता है।

ऐसे युग में
सच्चाई कोई साधारण चरित्र नहीं–
वह एक तपः-अग्नि है,
जिसमें उतरने से
पहले देह जलती नहीं,
अहंकार भस्म होता है।

और दोगलापन–
वह केवल एक प्रवृत्ति नहीं,
वह यंत्रणा से बचने का चतुर संस्कार है,
जो मन को बहलाता है–
कि स्वयं को बदलने से सरल है
दूसरों को भ्रमित कर लेना।

पर अंततः
तुम्हें एक ही प्रश्न के सम्मुख
निरावरण खड़े होना होगा–

धैर्यस्य मूलं किम्?
सत्यस्य भारं वहनस्य त्वम् समर्थोऽसि उत न?

क्या तुम वह कठिन मार्ग चुनोगे
जहाँ सत्य का प्रत्येक कण
एक तीक्ष्ण शूल जैसा है
पर आत्मा
मुक्ति की शीतल वायु में साँस लेती है?

या तुम वह पथ लोगे
जहाँ मधुरता केवल औषध-वर्ण है
और भीतर
मन अपने ही प्रतिबिंब को
दिन-प्रतिदिन
और अपरिचित बनाता जाता है?

शायद उत्तर
किसी शास्त्र में नहीं,
न किसी गुरुवाक्य में–
उत्तर तो वह अदृश्य शून्य है
जो तुम्हारे भीतर
अनन्त काल से
निःशब्द प्रतीक्षा में बैठा है।

वह मुझे पुकारता है–
यदि साहस है तो लौट जाऊँ मैं,
और यदि नहीं–
तो अपने आवरण को ही देवता बनाकर
उसी की पूजा करता रहूँ।

71. धोखा

धोखा
मानो किसी अदृश्य सर्प का विष है–
धीरे-धीरे नसों में उतरता,
और हृदय को उसके ही शांत कमरे में
धीरे से बुझा देता है।

जिसे लगता है
कि वह चतुर है,
कि उसने छल की कोई गूढ़ कला सीख ली है,
वह नहीं जानता–
वह अपने ही भीतर रखे
एक निर्मल आईने पर पहला प्रहार कर चुका है।
आईना बाहर नहीं टूटता,
वह भीतर फटता है,
और उसकी किरचें
समय के साथ संचित होकर
वाणी, दृष्टि और स्मृति तक को
लहूलुहान कर देती हैं।

रिश्ते–
वे पत्थर पर उकेरी रेखाएँ नहीं,
वे तो किसी सांझ की हवा पर टँगे
नन्हे दीपक होते हैं।
उनके लिए हवा का एक भरोसा होता है,
कि वह बहते हुए भी

उन्हें बुझाएगी नहीं।
और जब भरोसा ही मुट्ठी से छूट जाता है,
तो दीपक का टूटना
काँच के गिरने जैसा नहीं,
उसकी लौ का अनाथ हो जाना होता है।

काँच–
फ़र्श पर बिखर जाए
तो उसका हर टुकड़ा
एक अपूर्ण कथा की तरह चमकता है,
जिसे उठाया नहीं जाता,
क्योंकि वह उठते ही
किसी नई उंगली को घायल कर देगा।

सच–
उसकी चाल हमेशा धीमी होती है,
मानो किसी धुँध में चल रहा साधक,
जिसे लक्ष्य का पता है
पर उसे पाने की कोई उतावली नहीं।
और उसके पहुँचते ही,
भीतर का कोलाहल थम जाता है,
क्योंकि सत्य का स्पर्श
अंत में अटल होता है–
वज्र की तरह,
पर भीतर उतरते ही
शांत जल की तरह स्थिर।

धोखे के पीछे छिपा व्यक्ति
शायद क्षण भर को विजयी लगता है,

पर सच की धीमी चाल
अंततः उसके सामने खड़ी होती है,
और उसे दिखाती है–
कि उसने किसी और को नहीं,
सबसे पहले
अपने ही हृदय का एक कमरा
अंधकार से भर दिया था।

72. आत्म-धोखा

जब कोई तुमसे असत्य बोलता है,
वह शब्द तुम्हारी ओर नहीं,
अपने ही अंतराल में गिरी हुई
एक दरार को ढँकने के प्रयास होते हैं।
जिस क्षण वह मिथ्या-वाणी का आवरण ओढ़ता है,
वहीं से वह अपने ही चित्त की
अदृश्य खाई पर
पहला पुल बनाता है–
और उसी क्षण
उस पुल में पहला कंपन जन्म ले लेता है।

वह सोचता है कि वह तुम्हें धोखा दे रहा है,
पर धोखा
हमेशा भीतर की ओर मुड़कर
सबसे पहले बोलने वाले को ही काटता है।
असत्य का प्रत्येक कण,
मानो आत्मा के दर्पण पर फेंका हुआ
सूक्ष्म धूलकण हो–
जो धीरे-धीरे
प्रतिबिंब को विकृत करता जाता है
जब तक कि वह
स्वयं अपने ही बदलते चेहरे को
सच्चाई मान न ले।

मिथ्या
पहले केवल एक वाक्य होती है,
फिर वह कल्पना बन जाती है,
फिर माया,
फिर स्व-निर्मित विश्व–
जहाँ हर दीवार उसकी कही हुई बातों से गढ़ी होती है,
जहाँ हर मार्ग
उसके अपने भ्रम की धड़कन सुनता है।

और यह विश्व–
जो बाहर से सुगठित प्रतीत होता है–
अंदर से केवल एक लंबी खोह है,
जहाँ आवाज़ें लौट-लौट कर
उसी को घेर लेती हैं
जिसने उन्हें रचा था।

वह अपनी ही मिथ्या-कथा में
विश्वास करना शुरू कर देता है,
क्योंकि मनुष्य की स्मृति,
जब सत्य की जगह छाया को पकड़ ले,
तो उसे प्रकाश तक पहुँचने में
कई जन्मों का अन्धकार लगता है।

वह अपने ही बोले हुए शब्दों के
जाल में उलझता जाता है,
और वह जाल–
किसी बाहरी शत्रु का रचा हुआ नहीं,
उसकी अपनी चेतना में खोदी गई
सूक्ष्म सुरंगों का विस्तार है।

अन्ततः
वह एक ऐसे मायाजाल के बीच
ठहरा रहता है
जहाँ
सत्य बाहर खड़ा रहता है,
और भीतर
एक मनुष्य
अपने ही प्रतिरूपों से
घिर कर थक चुका होता है।

तभी समझ आता है–
कि झूठ
कभी किसी और के विरुद्ध नहीं बोला जाता,
उसका पहला घाव
हमेशा
अपनी ही आत्मा पर लगता है।

73. अन्तराग्नि का अनावरण

तुम्हारे भीतर कहीं
क्रोध नाम की एक अनाम ज्वाला
धीरे-धीरे साँस लेती है–
जैसे अन्तर्यामि की छाया
किसी अंधेरे सुषुप्त कक्ष में
अपने ही स्वर को पहचानने से डरती हो।

तुम समझते हो–
यह आग समाज से उठी है,
परिवार के अनकहे विधान से,
देश की असह्य हलचल से;
पर नहीं,
यह अनुत्तरित भय
तुम्हारी ही नसों में
प्राणशक्ति के रूप में काँपता हुआ
स्वयं को छुपाने के लिए
क्रोध का आवरण बुनता है।

जब तुम दुर्बल होते हो
मन तुम्हारे भीतर
एक कठोर कवच गढ़ता है–
गुस्से का, तिरस्कार का,
मानो वह तुम्हें बचा लेगा
स्वयं की नंगी असहायता से।
पर सत्य यह है कि

वह कवच ही तुम्हारी
सबसे गहरी निर्बलता का
ऊँचा ध्वज होता है।

और जब तुम
क्षणभर के लिए
अपने ही भीतर उतरते हो,
मनःदीप की लौ
अपनी थरथराती छाया
दीवारों पर फेंकती है–
तब पता चलता है
कि शांत होना कोई उपलब्धि नहीं,
बल्कि
स्वरूप-दर्शन है।

जो सशक्त होता है
वह क्रोध में नहीं जलता,
वह अपने भीतर की
निर्मल चैतन्य-रेखा को
धीरे से छूता है–
और उसका मन
बिना किसी उद्घोष के
मुस्कुराता है।

इसलिए
क्रोध तुम्हें विजयी नहीं करता;
वह तुम्हें छोटा,
किरणहीन,
अविकसित बना देता है।

एक दिन रुककर
अपने ही क्रोध को देखना–
देखना कि कैसे वह
तुम्हारी परछाइयों में
अपनी जड़ें फैलाता है।
तुम समझ जाओगे
कि इस अग्नि का जन्मदाता
कोई और नहीं,
तुम स्वयं हो–
और उसी क्षण
वैराग्य-सा एक मौन
तुम्हारी शिराओं में उतर आएगा।

तुम्हारी विजय
क्रोध में नहीं,
उस जगे हुए मौन में है
जहाँ अंततः
तुम अपने आप से
मुलाक़ात करते हो।

74. भिखारी कौन है?

भिखारी कौन है–
वह जो चौराहे पर खड़ा है,
धूप में झुलसा हुआ,
वह जो कटोरा फैलाए
सड़क की धूल में बैठा है?
पेट के भीतर की आग लिए
दो शब्द–"कुछ दे दो"–कहता है?

या वह–
जो श्वेत वस्त्रों में लिपटा
गंगा जल से स्नात होकर,
भगवान की मूर्ति के आगे
अपनी इच्छाओं की पोटली खोलता है–
धन, यश, पुत्र, प्रमोशन?

क्या वह साधु या फ़कीर नहीं–
जो राख की चादर में
अग्नि छिपाए बैठा है,
जिसकी जटाएँ
वन की जड़ें नहीं,
लोभ की बेलें हैं?
जो मौन के शंख में
व्यापार का गान भरता है,
और जिसकी धूल भरी पगडंडी
राजसिंहासनों तक जाती है।

वह, जो ईश्वर के नाम पर
भीड़ की आत्माएँ
कंठहार बनाकर पहनता है,
और कहता है–
"यही मोक्ष है।"

भिखारी कौन है?

उस राजा रूपी सेवक का क्या?
जो लोकतंत्र की छाया में
जनता के द्वार पर
वोट की भीख माँगता है,
ताकि उन्हीं की गर्दनों पर
सत्ता की मुहर ठोंक सके–
डर को नीति कहकर
नैतिकता की हथकड़ी पहनाए?

या वह अधिकारी,
जो सत्ता के सिंहासन के नीचे
अपने पद के विस्तार की याचना करता है,
समृद्ध आकाश के स्वप्न में
अपने हुनर का प्रमाण-पत्र सौंपता है,
और बदले में
स्वाभिमान की आख़िरी रोटी
चुपचाप गिरवी रख देता है।

क्या वह व्यापारी नहीं–
जो चमकते विज्ञापनों में
अपने माल को ईश्वर की तरह पूजवाता है,
दुगने दामों में अभाव बेचता है
और कहता है–"मेरा मेला ही सबसे पावन है"?

भिखारी कौन है?

उस न्यायाधीश का क्या?
जो न्याय की मुद्रा में
नीति की दुकान सजाए है,
जहाँ न्याय
संवैधानिक परतों में
किताबों का उत्पाद बन चुका है?
और जो
अख़बार के पन्नों का आकांक्षी बन गया है।

क्या वह पत्रकार नहीं–
जो क़लम को
सच का दीपक बताकर
दरबार की चौखट पर
अंधकार बेचता है?
और पूछे जाने पर कहता है–
"मैं तो बस दर्पण हूँ"
जबकि उसका शीशा
पहले ही बिक चुका है।

और वे राहगीर, वे नागरिक?
जो हर सुबह
मंदिर, मस्जिद, चर्च और गुरुद्वारे के सामने
अपने मौन की प्रार्थना करते हैं,
शासकों से अनुदान,
पुलिस से सुरक्षा,
मुंसिफ़ से न्याय,
भगवान से जीवन की भीख माँगते हैं?

भिखारी कौन है?

कौन नहीं?
क्या भूख ही भिक्षा है,
या इच्छाएँ भी?
क्या हाथ फैलाना ही याचना है,
या हर वह मुद्रा–
जो कुछ पाने के लिए झुकती है–
हर वह शब्द
जो आग्रह बन जाता है,
भिक्षा नहीं?

शब्दों की इस भीड़ में
हर कोई
कहीं न कहीं
झुका हुआ है–
प्यासा,
प्रार्थी,
कृपाकांक्षी।

भिक्षा
शरीर की नहीं,
चेतना की है।
और हम सब
किसी न किसी द्वार पर
अपनी आत्मा का कटोरा लिए खड़े हैं।

भिखारी कौन है?
शायद...
तुम भी। मैं भी।
सवाल सिर्फ़ इतना है–
हम किसके आगे हाथ फैलाते हैं?

www.ingramcontent.com/pod-product-compliance
Lightning Source LLC
LaVergne TN
LVHW060607051026
849519LV00002B/517